Christoph Martin Wieland

# GESCHICHTE DES PRINZEN BIRIBINKER

Jahresgabe

*Den Freundinnen und Freunden des Hauses*

C.H.BECK

«Da haben wir also eine dieser Feen, diesmal eine, die unserem Prinzen eine Lektion in Liebeskonversation erteilt. Als er ihr vorschwatzt, er wünsche sich im Leben keine andere Glückseligkeit, als zu ihren Füßen ‹von dem Feuer verzehrt zu werden, das ihr erster Blick› in seiner Brust entzündet habe, erwidert sie kühl, ‹sie haben einen schlimmen Lehrmeister in der Redekunst gehabt; Ich hätte gedacht, die Fee Cristalline sollte ihnen die lächerliche Meynung benommen haben, daß man uns Unsinn vorsagen müsse, um uns die Heftigkeit seiner Leydenschaft zu beweisen.› Sie wünscht ihn also durch ihre Vorgängerin in Sachen Liebeskunst oder sagen wir: -konversation zureichend vorgebildet, um ihr gefallen zu können. Doch nun muss sie es in die eigenen Hände nehmen. Am anderen Morgen sagt sie: ‹Das Schicksal, mein lieber Biribinker, hat sie dazu ausersehen, sich unglückliche Feen verbindlich zu machen.› Wie schön, nicht wahr?»

*Aus dem Nachwort von Jan Philipp Reemtsma*

Christoph Martin Wieland

# GESCHICHTE DES PRINZEN BIRIBINKER

*Mit einem Nachwort*
*von Jan Philipp Reemtsma*

C.H.BECK textura

Der Text entstammt: Wielands Werke. Band 7.1 Text.
Bearbeitet von Nikolas Immer. Der Sieg der Natur über die Schwärmerey,
oder die Abentheuer des Don Sylvio von Rosalva/Comische Erzählungen.
Berlin und New York: 2009, S. 241–302 (= Oßmannstedter Ausgabe).
Der Kommentar entstammt: Christoph Martin Wieland:
Der Sieg der Natur über die Schwärmerey, oder die Abentheuer
des Don Sylvio von Rosalva. Hg. von Peter-Henning Haischer, Clara
Innocenti und Hans-Peter Nowitzki. Göttingen: Wallstein Verlag 2023,
S. 428–438 (= Wieland. Studienausgabe in Einzelbänden).

Die Reihe *textura* wurde vom Verlag Langewiesche-Brandt
(Ebenhausen bei München) begründet und wird seit dem Jahr 2010
vom Verlag C.H.Beck fortgeführt.


www.chbeck.de
Umschlaggestaltung: Kunst oder Reklame, München
Umschlagabbildung: Abbildungen und Fond: © AdobeStock,
© vectorstock und © Kunst oder Reklame; Rückseite unten rechts
© akg-images, Ausschnitt aus John Macallan Swan, «Die Sirenen»
(Amsterdam, Rijksmuseum)
Satz: Fotosatz Amann, Memmingen
Druck und Bindung: Pustet, Regensburg
Gedruckt auf säurefreiem, alterungsbeständigem Papier
Printed in Germany
ISBN 978 3 406 82558 3

myclimate shape our future

FSC www.fsc.org MIX Papier | Fördert gute Waldnutzung FSC® C014889

verantwortungsbewusst produziert
www.chbeck.de/nachhaltig

# Geschichte des Prinzen Biribinker.

In einem Lande, dessen weder Strabo noch Martiniere Erwähnung thun, lebte einst ein König, der den Geschichtschreibern so wenig zu verdienen gab, daß sie aus Rachbegierde mit einander einig wurden, so gar seine Existenz bey der Nachwelt zweiffelhaft zu machen. Allein alle ihre boßhaften Bemühungen haben nicht verhindern können, daß sich nicht einige glaubwürdige Urkunden erhalten hätten, in denen man alles findet, was sich ungefehr von ihm sagen ließ. Diesen Urkunden zufolge war er eine gute Art von einem Könige, machte des Tages seine vier Mahlzeiten, hatte einen guten Schlaf, und liebte Ruhe und Frieden so sehr, daß es bey hoher Strafe verboten war, die blossen Namen Degen, Flinte, Canone und dergleichen in seiner Gegenwart zu nennen. Das merkwürdigste an seiner Person, (sagen die bemeldten Urkunden) war ein Wanst von einer so majestätischen Peripherie, daß ihm die grösten Monarchen seiner Zeit hierinn den Vorzug lassen mußten. Ob ihm der Beyname des Grossen, den er bey seinen Lebzeiten geführt haben soll, um dieses nehmlichen Wanstes oder einer andern geheimen Ursache willen gegeben worden, davon läßt sich nichts gewisses sagen; so viel aber ist ausgemacht, daß in dem ganzen Umfange seines Reichs niemand war, den dieser Beyname einen einzigen Tropfen Bluts gekostet hätte. Wie es darum zu thun war, daß seine Majestät aus Liebe zu dero Völkern und zu Erhaltung der Thron-Folge in dero Familie, sich vermählen sollte, so hatte die Academie der Wissenschaften nicht wenig zu thun, vermittelst der gegebenen Grösse des königlichen Wanstes und einiger anderer Verhältnisse die Figur derjenigen Princeßin zu bestimmen, welche man würdig halten konnte, die Hofnungen der Nation zu erfüllen. Nach einer langen Reyhe von academischen Sitzungen wurde endlich die verlangte Figur, und durch eine grosse Menge von Gesandtschaften, die an alle Höfe von Asien geschickt wurden, die Princeßin ausfindig gemacht, die mit dem gegebenen Modell übereinstimmte. Die Freude über ihre Ankunft war ausserordentlich, und das Beylager wurde mit so grosser Pracht vollzogen, daß sich wenigstens fünfzig tausend Paare von den königlichen Unterthanen entschliessen mußten ledig zu bleiben, um seiner Majestät die Unkosten von dero Hochzeit bestreiten zu helfen. Der Präsident der Academie, der, ungeachtet er der schlechteste Geometer seiner Zeit war, sich alle Ehre der obgedachten Erfindung beyzulegen gewußt hatte, glaubte mit gutem Grunde, daß nunmehr sein ganzes Ansehen von der Fruchtbarkeit der Königin abhange, und weil er in der Experimental-Physik ungleich stärker war, als in der Geometrie, so fand er, man weißt nicht was für ein Mittel, die Berechnungen der Academie zu verificiren. Kurz, die Königin gebahr zu gehöriger Zeit den schönsten Prinzen, der jemals gesehen worden ist, und der König hatte eine so grosse Freude darüber, daß er den Präsidenten auf der Stelle zu seinem ersten Vezier ernannte.

So bald der Prinz gebohren war, versammelte man zwanzig tausend junge Mädchen von ungemeiner Schönheit, die man zum voraus aus allen Enden des Reichs zusammen berufen hatte, um eine Säugamme für ihn auszuwählen. Man muß gestehen, daß unter allen diesen jungen Mädchen nicht eine einzige Jungfer war; allein man glaubte, sie würden sich nur desto besser zu dem ehrenvollen Amte schicken, wozu man sie nöthig hatte, und wozu sich jede die meiste Hofnung machte, weil der erste Leibartzt ausdrücklich verordnet hatte, daß die Wahl auf die schönste fallen sollte. Aus zwanzig tausend schönen die schönste auszuwählen, ist keine so leichte Commission, als man denken möchte; auch hatte der Leibartzt, ungeachtet er eine gute Brille auf der Nase sitzen hatte, so viel Mühe, einen zureichenden Grund zu finden, warum er einer vor der andern den Vorzug geben sollte, daß bereits der dritte Tag sich zum Ende neigte, ehe er es nur so weit gebracht hatte, die Candidatinnen von zwanzig tausend auf vier und zwanzig zu bringen. Allein, da doch endlich eine Wahl getroffen werden mußte, so war er eben im Begriff unter den vier und zwanzig einer grossen Brunette den Vorzug zu geben, weil sie unter allen den kleinsten Mund und die schönste Brust hatte, Eigenschaften, die, wie er versicherte, Galenus und Avicenna schlechterding von einer guten Amme fordern; als man unvermuthet eine gewaltig grosse Biene nebst einer schwarzen Ziege ankommen sah, welche vor die Königin gelassen zu werden begehrten.

Frau Königin, sprach die Biene, ich höre, sie brauchen eine Amme für ihren schönen Prinzen. Wenn sie das Vertrauen zu mir haben wollten, mir vor diesen zweybeinigten Creaturen den Vorzug zu geben, so sollte es sie gewiß nicht gereuen. Ich will den Prinzen mit lauter Honig von Pomeranzen-Blühten säugen, und sie sollen ihre Lust daran sehen, wie groß und fett er dabey werden soll. Sein Athem soll so lieblich riechen wie Jasmin, sein Speichel soll süsser seyn als Canarien-Sect, und seine Windeln –

Gestrenge Frau Königin, fiel ihr die Ziege ins Wort, nehmen sie sich vor dieser Biene in Acht, das will ich ihnen als eine gute Freundin gerathen haben. Es ist wahr, wenn ihnen sehr viel daran gelegen ist, daß ihr junges Herrchen süß werde, so taugt sie dazu besser als irgend eine andere; aber es laurt, wie das Sprüchwort sagt, eine Schlange unter den Blumen. Sie wird ihn mit einem Stachel begaben, der ihm unendlich viel Unglück zuziehen wird. Ich bin nur eine schlechte Ziege; aber ich schwöre eurer Majestät bey meinem Bart, meine Milch wird ihm weit besser zuschlagen als ihr Honig; und wenn er schon weder Nectar noch Ambrosia machen wird, so versprech ich ihnen hingegen, daß er der tapferste, der weiseste und der glücklichste unter allen Prinzen seyn soll, die jemals Ziegenmilch getrunken haben.

Jedermann verwunderte sich, da man die Ziege und die dicke Biene so reden hörte. Allein die Königin merkte gleich, daß es zwo Feen seyn müßten, und dieses machte sie eine ziemliche Weile unschlüßig, was sie thun sollte. Endlich erklärte sie sich für die Biene; denn weil sie ein wenig geitzig war, so dachte sie: Wenn die Biene ihr Wort hält, so wird der Prinz allenthalben so viel Süßigkeiten von sich geben, daß man das Confect für die Tafel wird ersparen können. Die Ziege schien es sehr übel zu nehmen, daß sie abgewiesen wurde: sie meckerte dreymal etwas unverständliches in ihren Bart hinein, und siehe! da erschien ein prächtig lackirter und vergoldeter Wagen von acht Phönixen gezogen; die schwartze Ziege verschwand in dem nehmlichen Augenblick, und an ihrer statt sahe man ein kleines altes Weibchen in dem Wagen sitzen, die mit vielen Drohungen gegen die Königin und den jungen Prinzen, durch die Luft davon fuhr. Der Leib-Medicus war über eine so seltsame Wahl nicht weniger mißvergnügt, und wollte der Brunette mit dem schönen Busen den Antrag machen, ob sie nicht Lust hätte, die Stelle einer Haußmeisterin bey ihm einzunehmen; allein zum Unglück kam er schon zu spät, und mußte sichs gefallen lassen mit einer von den übrigen neunzehn tausend, neun hundert und sechs und siebenzig vorlieb zu nehmen; denn die vier und zwanzig waren alle schon bestellt.

Inzwischen machten die Drohungen der schwarzen Ziege dem Könige so bang, daß er noch an dem nehmlichen Abend seinen Staats-Rath versammlete, um sich zu berathen, was bey so gefährlichen Umständen zu thun seyn möchte; denn weil er gewohnt war, sich alle Nacht mit Mährchen einschläfern zu lassen, so wußte er wohl, daß die Feen nicht für die Langeweile zu drohen pflegen. Nachdem nun die weisen Männer alle bey einander waren, und ein jeder seine Meynung gesagt hatte, so befand sichs, daß sechs und dreyßig Räthe in grossen viereckichten Perücken, nicht weniger als sechs und dreyßig Vorschläge gethan hatten, wovon an jedem wenigstens sechs und dreyßig Schwierigkeiten ausgesetzt wurden; man stritt in mehr als sechs und dreyßig Seßionen mit vieler Lebhaftigkeit, und der Prinz würde vermuthlich mannbar geworden seyn, ehe man eines Schlusses hätte einig werden können, wenn nicht der FavorittHof-Narre seiner Majestät den Einfall gehabt hätte, daß man eine Gesandtschaft an den grossen Zauberer Caramussal schicken sollte, der auf der Spitze des Berges Atlas wohnte, und von allen Orten her wie ein Orackel um Rath gefragt wurde. Weil nun der Hofnarr das Herz des Königs hatte, und in der That für den feinsten Kopf des ganzen Hofes gehalten wurde, so fiel ihm jedermann bey, und in wenig Tagen wurde eine Gesandtschaft abgeschickt, welche, die Taggelder zu ersparen, mit so grosser Geschwindigkeit reiseten, daß sie in drey Monaten auf der Spitze des Berges Atlas anlangten, ob er gleich bey nahe zwey hundert Meilen von der Hauptstadt entfernt war.

Sie wurden so gleich vor den grossen Caramussal gelassen, der in einem prächtigen Saal auf einem Throne von Ebenholtz sitzend, den gantzen Tag genug zu thun hatte, auf alle die wunderlichen Fragen Antwort zu geben, die aus allen Theilen der Welt an ihn gebracht wurden. Der erste Abgesandte nachdem er sich den Bart gestrichen und dreymal geräuspert hatte, öfnete eben einen ziemlich grossen Mund um eine schöne Anrede herzusagen, die ihm sein Secretair aufgesetzt hatte, als ihn Caramussal unterbrach; Herr Abgesandter, sagte er, ich schenke ihnen ihre Rede, ob ich es ihnen gleich an ihrer Physionomie ansehe, daß sie sehr hübsch gelautet haben würde; ich habe selbst den ganzen Tag so viel zu reden, daß mir keine Zeit zum hören übrig bleibt; und zu dem, so weiß ich schon voraus, was sie bey mir anzubringen haben. Sagen sie dem König, ihrem Herrn, er habe sich an der Fee Caprosine eine mächtige Feindin gemacht; indessen sey es doch nicht unmöglich, die Zufälle, so sie dem Prinzen angedroht habe, auszuweichen, wenn man die gehörige Vorsicht gebrauche, daß er vor seinem achtzehnten Jahre kein Milchmädchen zu sehen bekomme. Weil es aber, aller Vorsicht ungeachtet, eine sehr schwere, wo nicht unmögliche Sache ist, seinem Schicksal zu entgehen, so seye mein Rath, daß man, um auf alle Fälle gefaßt zu seyn, dem Prinzen den Namen Biribinker gebe, dessen geheime Kräfte allein mächtig genug sind, ihn aus allen den Abentheuern, die ihm zustossen könnten, glücklich heraus zu führen. Mit diesem Bescheid entließ Caramussal die Gesandtschaft, welche nach Verfluß abermaliger drey Monate, unter allgemeinem

Zujauchzen des Volks wieder in der Hauptstadt ihres Landes anlangte.

Der König fand die Antwort des grossen Caramussal so ungereimt, daß er grosse Lust hatte, darüber böse zu werden. Bey meinem Bauch, rief er, (denn das war sein grosser Schwur) ich glaube, der grosse Caramussal hat seinen Spaß mit uns – Biribinker! was für ein verfluchter Name das ist! Hat man auch jemals gehört, daß ein Prinz Biribinker geheissen hätte? Ich möchte doch wohl wissen, was für eine geheime Kraft in diesem närrischen Namen stecken soll? Und wenn ich die Wahrheit sagen soll, das Verbot, ihm vor seinem achtzehnten Jahre kein Milchmädchen sehen zu lassen, däucht mich nicht viel gescheidter. Warum dann gerade kein Milchmädchen? Und seit wenn sind die Milchmädchen gefährlicher als andere Mädchen? Wenn er noch gesagt hätte, keine Tänzerin oder kein Kammerfräulein von der Königin, das wollt ich noch gelten lassen; denn, unter uns, ich wollte nicht gut dafür seyn, daß ich nicht selbst gelegenheitlich eine kleine Anfechtung von dieser Art bekommen könnte. Indessen, weil es der grosse Caramussal nun einmal so haben will, so mag der Prinz immerhin Biribinker heissen; er wird wenigstens der erste dieses Namens seyn, und das gibt einem doch immer ein gewisses Ansehen in der Historie; und was die Milchmädchen anbetrift, so will ich schon Anstalt machen, daß auf fünfzig Meilen um meine Residenz weder Kuh noch Ziege, Melk-Kübel noch Milchmädchen zu finden seyn soll.

Der König, dessen geringste Sorge war die Folgen seiner Entschliessungen vorher zu überlegen, war würklich im Begriff ein Edict deßhalb ergehen zu lassen, als ihm sein Parlament durch eine zahlreiche Deputation vorstellen ließ, daß es sehr hart, um nicht gar tyrannisch zu sagen, heraus kommen würde, wenn Sr. Majestät getreue Unterthanen gezwungen werden sollten, den Caffee künftig ohne Milchrahm zu trinkken; und weil die vorläuffige Nachricht von diesem Edict würklich schon ein grosses Murren unter dem Volk erregte: so mußten sich Seine Majestät endlich entschliessen, nach dem Beyspiele so vieler andern Könige in den Feen-Geschichten, dero Cron-Prinzen unter der Aufsicht seiner Amme, der Biene, von sich zu entfernen, und es ihrer Klugheit zu überlassen, wie sie ihn vor den Nachstellungen der Fee Caprosine und vor den Milchmädchen sicher stellen wollte.

Die Biene brachte also den kleinen Prinzen in einen grossen Wald, der wenigstens zwey hundert Meilen im Umfang hatte, und so unbewohnt war, daß man in seinem ganzen Bezirk nur nicht einen Maulwurf gefunden hätte. Sie baute durch ihre Kunst einen unermeßlichen Bienenkorb von rothem Marmor, und legte um denselben einen Park von Pomeranzen-Bäumen an, der sich über fünf und zwanzig Meilen in die Länge und Breite erstreckte. Ein Schwarm von hundert tausend Bienen, deren Königin sie war, beschäftigte sich für den Prinzen und das Serail der Königin Honig zu machen, und damit man seinetwegen vollkommen sicher seyn könnte, so wurden rings um den Wald alle fünf hundert Schritte Wespen-Nester angelegt, welche Befehl hatten, die Grenzen aufs schärfste zu bewachen.

Indessen wuchs der Prinz heran, und übertraf durch seine Schönheit und wunderbare Eigenschaften alles, was jemals gesehen worden ist. Er spuckte lauter Syrup, er pißte lauter Pomeranzen-Blüth-Wasser, und seine Windeln enthielten so köstliche Sachen, daß sie von Zeit zu Zeit der Königin zugeschickt werden mußten, damit sie an Gala-Tägen ihren Nach-

Tisch daraus verbessern konnte. So bald er zu reden anfieng, lallte er Concetti und Epigrammata, und sein Witz wurde nach und nach so stachlicht, daß ihm keine Biene mehr gewachsen war, ob gleich die dummste im ganzen Korbe zum wenigsten so viel Witz hatte als einer von den vierzigen der *Academie Francoise.*

Allein so bald er das siebenzehnte Jahr erreicht hatte, regte sich ein gewisser Instinct bey ihm, der ihm sagte, daß er nicht dazu gemacht seye, sein Leben in einem Bienenkorbe zuzubringen. Die Fee Melisotte, (so nannte sich seine Amme) wandte zwar alles an, ihn aufzumuntern und zu zerstreuen; sie verschrieb ihm eine Anzahl sehr geschickter Katzen, die ihm alle Abend ein Französisches Concert oder eine Opera von Lulli vormauen mußten; er hatte ein Hündchen, das auf dem Seil tanzte, und ein dutzend Papagayen und Elstern, die sonst nichts zu thun hatten, als ihm Mährchen zu erzählen, und ihn mit ihren Einfällen zu unterhalten; allein das wollte alles nichts helfen; Biribinker sann Tag und Nacht auf nichts anders, als wie er aus seiner Gefangenschaft entwischen möchte. Die gröste Schwierigkeit, die er dabey sah, waren die verwünschten Wespen, die den Wald bewachten, und in der That kleine Thierchen waren, die einen Herkules hätten erschrecken können, denn sie waren so groß wie junge Elephanten, und ihr Stachel hatte die Figur und bey nahe auch die Grösse der Morgensterne, deren sich die alten Schweitzer mit so gutem Erfolg zu Behauptung ihrer Freyheit zu bedienen pflegten. Da er sich nun einsmals voller Verzweiflung über seine Gefangenschaft unter einen Baum geworfen hatte, näherte sich ihm eine Hummel, die wie alle übrigen männlichen Bewohner des Bienenstocks die Grösse eines halb gewachsenen Bären hatte.

Prinz Biribinker, sagte die Hummel, wenn sie Langeweile haben, so versichere ich sie, daß es mir noch schlimmer geht: Die Fee Melisotte, unsre Königin, hat mir seit etlichen Wochen die Ehre angethan, mich zu ihrem Liebling zu erkiesen; aber ich gestehe ihnen, daß ich der Last meines Amtes nicht gewachsen bin. Sie hat, unter uns geredet, über fünf tausend Hummeln in ihrem Serail, die gewiß nicht müßig sind; ich wollte mich nicht beschwehren, wenn sie mich den übrigen gleich hielte; aber, Sapperment! der Vorzug, den sie mir gibt, fangt mir an beschwerlich zu fallen; ich sage ihnen, daß es nicht länger auszustehen ist. Wenn sie wollten, Prinz, so wäre es ihnen ein leichtes sich selbst und mir die Freyheit zu verschaffen. – Was ist denn zu thun, fragte der Prinz? – Ich bin nicht allezeit eine Hummel gewesen, antwortete der mißvergnügte Liebling, und sie allein sind im Stande mir meine erste Gestalt wieder zu geben. Setzen sie sich auf meinen Rükken; es ist Abend, und die Königin ist in ihrer Celle in Geschäften begriffen, die ihr keine Freyheit lassen, sich um etwas anders zu bekümmern. Ich will mit ihnen davon fliegen; aber sie müssen mir versprechen, daß sie thun wollen, was ich von ihnen verlange. Der Prinz versprach es ihm, er setzte sich ohne Bedenken auf, und die Hummel flog so schnell mit ihm davon, daß sie in sieben Minuten aus dem Walde waren. Nunmehro, sprach die Hummel, sind sie in Sicherheit. Die Macht des alten Zauberers Padmanaba, der mich in diese Umstände gebracht hat, erlaubt mir nicht weiter mit ihnen zu gehen; aber hören sie was ich ihnen sagen werde. Wenn sie auf diesem Wege linker Hand fortgehen, so werden sie endlich in eine grosse Ebene kommen, wo sie eine Heerde himmelblauer Ziegen sehen werden, die um eine kleine Hütte herum weiden. Nehmen sie sich ja in acht, daß sie nicht in die

Hütte hinein gehen, oder sie sind verlohren. Halten sie sich immer linker Hand, und gehen sie fort, bis sie endlich zu einem verfallenen Palast kommen, dessen noch übrige Pracht ihnen beweisen wird, was er ehmals gewesen ist. Sie werden durch etliche Höfe an eine grosse Treppe von weissem Marmor kommen, welche sie in einen langen Gang führen wird, wo sie zu beyden Seiten eine Menge prächtiger und hell erleuchteter Zimmer finden werden. Gehen sie ja in keines derselben hinein, sonst schließt es sich augenblicklich von selbst wider zu, und keine menschliche Gewalt kan sie wieder heraus bringen. Sie werden aber eines davon verschlossen finden, und dieses wird sich öfnen, so bald sie den Namen Biribinker aussprechen. In diesem Zimmer bringen sie die Nacht zu, das ist alles, was ich von ihnen verlange. Glückliche Reise, gnädiger Herr, und wenn sie sich bey meinem Rath wohl befinden, so vergessen sie nicht, daß ein Dienst des andern werth ist.

Mit diesen Worten flog die Hummel davon, und ließ den Prinzen in keiner mittelmässigen Erstaunung über alles, was sie ihm gesagt hatte. Voller Ungedult nach den wundervollen Begebenheiten, die ihm bevor stunden, gieng er die gantze Nacht durch, denn es war Mondschein und mitten im Sommer. Des Morgens erblickte er die Wiese, die Hütte und die himmelblauen Ziegen. Er erinnerte sich des Verbots gar wohl, das die Hummel ihm so nachdrücklich eingeschärft hatte, allein er fühlte beym Anblick der Ziegen und der Hütte eine Art von Anziehung, der er nicht widerstehen konnte. Er gieng also in die Hütte hinein, und fand niemand darinn als ein junges Milchmädchen in einem schneeweissen Leibchen und Unterrock, die im Begriff war etliche Ziegen zu melken, die an einer diamantnen Krippe angebunden stunden. Der Melk-

Kübel, den sie in ihrer schönen Hand hatte, war aus einem einzigen Rubin gemacht, und statt des Strohes war der Stall mit lauter Jasmin und Pomeranzen-Blüthen bestreut. Alles dieses war freylich bewundernswürdig genug, allein der Prinz bemerkte es kaum, so sehr hatte ihn die Schönheit des jungen Mädchens geblendet. In der That Venus in dem Augenblick, da sie von den Zephyren ans Gestade von Paphos getragen wurde, oder die junge Hebe, wenn sie halb aufgeschürzt den Göttern Nectar einschenkte, waren weder schöner noch reitzender als dieses Milchmädchen. Ihre Wangen beschämten die frischesten Rosen, und die Perlenschnuren, womit ihre Arme und ihre kleinen netten Füßchen umwunden waren, schienen nur dazu zu dienen, die blendende Weisse derselben zu erhöhen. Nichts konnte zierlicher und reitzender seyn als ihre Gesichts-Züge und ihr Lächeln, über ihr ganzes Wesen war ein Ausdruck von Zärtlichkeit und Unschuld ausgebreitet, und ihre kleinsten Bewegungen hatten diesen nahmenlosen Reitz, dem die Herzen beym ersten Anblick entgegen fliegen. Diese bezaubernde Person schien auf eine eben so angenehme Art über den Prinzen Biribinker betroffen, als er über sie; halb unschlüßig, ob sie bleiben oder fliehen wollte, blieb sie stehen, und betrachtete ihn mit einem verschämten Blicke, worinne Schüchternheit und Vergnügen sich zu vermischen schienen. Ja, ja, rief sie endlich aus, indem sich der Prinz zu ihren Füssen warf, er ist es, er ist es! – Wie? rief der entzückte Prinz, der aus diesen Worten schloß, daß sie ihn schon kenne, und daß er ihr nicht gleichgültig seye; ist der allzuglückliche Biribinker – Götter! schrie das Milchmädchen, indem sie ganz bestürzt zurück bebte, was für einen verhaßten Namen höre ich! wie sehr haben meine Augen und mein voreiliges Herz mich betrogen! Fliehe, fliehe, unglückliche Galactine – Mit diesen Worten floh sie würklich so schnell aus der Hütte, als ob sie der Wind davon führete. Der bestürtzte Prinz, der den Abscheu nicht begreiffen konnte, den sie vor seinem Namen hatte, lief ihr nach so schnell als er konnte; allein das Milchmädchen flog, daß ihre Fußsolen kaum die Spitzen des Grases berührten. Umsonst beflügelten die Schönheiten, die ihr flatterndes Gewand in jedem Augenblick entdeckte, die Begierden und die Füsse des nacheilenden Prinzen; er verlohr sie in einem dichten Gebüsche, wo er den ganzen Tag hin und wieder lief, und jedem Rascheln oder Flüstern, das er hörte, nachgieng, ohne daß er die mindeste Spur von ihr finden konnte.

Indessen war die Sonne untergegangen, und er befand sich unvermerkt an der Pforte eines alten Schlosses, welches halb eingefallen schien. Denn es ragten allenthalben Mauerstücke von Marmor und umgestürzte Säulen von den kostbarsten Edelsteinen aus dem Gesträuch hervor, und er stieß sich alle Augenblicke an Trümmern, wovon der schlechteste eine Insel auf dem festen Lande werth war. Er merkte hieraus, daß er bey dem Palast sey, wovon ihm sein guter Freund, die Hummel gesagt hatte, und hofte, (wie die verliebten hofnungsvolle Leute zu seyn pflegen) sein holdseliges Milchmädchen vielleicht hier zu finden. Er arbeitete sich durch drey Vorhöfe durch, und kam endlich an die Treppe von weissem Marmor. Zu beyden Seiten stund auf jeder Stuffe, deren zum wenigsten sechzig waren, ein grosser geflügelter Löwe, der bey jedem Athemzug so viel Feuer aus seinen Naßlöchern schnaubte, daß es heller als bey Tag davon wurde; aber es versengte ihm nur nicht ein Haar, und die Löwen sahen ihn nicht so bald, so spannten sie ihre Flügel aus, und flohen mit grossem Gebrüll davon.

Der Prinz Biribinker gieng also hinauf, und kam so gleich in eine lange Galerie, wo er die ofnen Zimmer fand, wovor ihn die Hummel gewarnt hatte. Ein jedes derselben führte in zwey oder drey andere, und die Pracht, womit sie eingerichtet und ausgeschmücket waren, übertraf alles, was sich seine Einbildungs-Kraft vorstellen konnte, ungeachtet ihm die Feerey nichts neues war. Allein dieses mal nahm er sich wohl in acht, seiner Neugier den Zügel zu lassen, und gieng so lange fort, bis er an eine verschlossene Thüre von Ebenholz kam, an welcher ein goldener Schlüssel steckte. Er versuchte lange vergeblich ihn umzudrehen; aber so bald er den Namen Biribinker ausgesprochen hatte, sprang die Thüre von sich selbst auf, und er befand sich in einem grossen Saal, dessen Wände ganz mit crystallenen Spiegeln überzogen waren. Er wurde von einem diamantnen Cronleuchter erhellt, an welchem in mehr als fünf hundert Lampen lauter Zimmet-Öl brannte. In der Mitte stund ein ovaler Tisch von Elfenbein mit smaragdenen Füssen, für zwo Personen gedeckt, und zur Seiten zween Schenktische von Lasur-Stein, die mit goldenen Tellern, Bechern, Trinkschaalen und anderm Tisch-Geräthe versehen waren. Nachdem er alles, was sich in diesem Saale seinen Augen darbot, eine gute Weile voller Erstaunen betrachtet hatte, erblickte er eine Thüre, durch die er in verschiedene andere Zimmer kam, wovon immer eines das andere an Pracht der Auszierung überglänztze. Er besah alles Stück vor Stück, und wußte nicht mehr, was er davon denken sollte. Die Zugänge zu diesem Pallast hatten ihm ein zerstörtes Schloß angekündiget; das Innwendige schien keinen Zweifel übrig zu lassen, daß es bewohnt sey; und doch sah und hörte er keine lebendige Seele. Er durchgieng alle diese Zimmer noch einmal, er suchte überall, und entdeckte endlich in dem letzten noch eine kleine Thüre in den Tapeten. Er öfnete sie, und befand sich in einem Cabinet, worinn die Feerey sich selbst übertroffen hatte. Ein angenehmes Gemisch von Licht und Schatten erheiterte es, ohne daß man die Quelle dieser zauberischen Dämmerung entdekken konnte. Die Wände von polirtem schwarzem Granit stellten, wie eben so viele Spiegel, verschiedene Scenen von der Geschichte des Adonis und der Venus mit einer Lebhaftigkeit vor, die der Natur gleich kam, ohne daß man errathen konnte, durch was für eine Kunst diese lebende Bilder sich dem Stein einverleibet hatten. Liebliche Gerüche wie von Frühlingswinden aus frisch aufblühenden Blumenstücken herbey geweht, erfüllten das ganze Gemach, ohne daß man sah, woher sie kamen, und eine stille Harmonie, wie von einem Concert, das aus tiefer Ferne gehört wird, umschlich eben so unsichtbar das bezauberte Ohr, und schmelzte das Herz in zärtliche Sehnsucht. Ein wollüstiges Ruhebett, von welchem ein marmorner Liebes-Gott, der zu athmen schien, den wallenden Vorhang halb hinweg zog, war das einzige Geräthe in diesem anmuthsvollen Ort, und erweckte in dem Herzen unsers Prinzen ein geheimnißvolles Verlangen nach etwas, wovon er, so neu als er noch war, nur dunkle Begriffe hatte, ob ihm gleich die Tapeten, die er sehr aufmerksam und nicht ohne eine süsse Unruhe betrachtete, einiges Licht zu geben anfiengen. In diesen Augenblicken stellte sich ihm das Bild des schönen Milchmädchens mit einer neuen Lebhaftigkeit dar, und nachdem er eine Menge vergeblicher Klagen über ihren Verlust angestimmt hatte, fieng er von neuem an zu suchen, bis er es müde wurde. Weil er nun diesesmal nicht glücklicher war als vorher, so begab er sich wieder in das Cabinet mit dem Ruhbette, zog seine Kleider aus, und war im Begriff sich niederzulegen, als eines der unvermeidlichsten Bedürfnisse der menschlichen Natur ihn nöthigte, sich unter dem Bette umzusehen. Er fand würklich ein Gefäß von Crystall, an welchem noch Merkmale zu sehen waren, daß es vor Zeiten zu einem solchen Gebrauch gedient hatte. Der Prinz fieng schon an es mit Pomeranzen-Blüht-Wasser zu begiessen, als er, o Wunder, das crystallene Gefäß verschwinden, und an dessen statt – eine junge Nymphe vor sich stehen sah, die so schön war, daß es unmöglich hätte scheinen sollen, so sehr über sie zu erschrecken, als der Prinz würklich erschrack. Sie lachte ihn so freundlich an, als ob sie einander schon längst gekannt hätten, und ehe er sich noch aus seiner Bestürzung erhohlen konnte, sagte sie zu ihm: Willkommen Prinz Biribinker! Lassen sie sichs nicht verdriessen einer jungen Fee einen Dienst gethan zu haben, die ein barbarischer Eyfersüchtiger über zwey Jahrhunderte lang zu einem Werkzeug der niedrigsten Bedürfnisse mißbraucht hat. Reden sie aufrichtig, Prinz; finden sie nicht, daß mich die Natur zu einem edlern Gebrauch bestimmt hat? Sie sagte dieses mit einem gewissen Blick, dessen Directions-Linie den bescheidenen Biribinker in einige Verwirrung setzte. Er hatte, wie wir wissen, so viel Witz als man haben kan, aber wir müssen hinzu setzen, eben so viel Unbesonnenheit; er merkte, daß er der Fee etwas verbindliches sagen sollte; weil er aber gewohnt, alles was er sprach, mit einem gewissen Schwung zu sagen, so konnte all sein Witz dißmal nicht verhindern, daß er nicht etwas sehr dummes sagte. Es ist ein Glück für sie, schönste Nymphe, antworte er ihr, daß ich die Absicht nicht haben konnte, ihnen den seltsamen Dienst zu leisten, den ich ihnen unwissender Weise geleistet habe; denn ich versichere sie, daß ich sonst allzuwohl gewußt hätte, was der Wohlstand –

O! machen sie nicht so viel Complimente, erwiederte die Fee, in den Umständen, worinn sich unsere Bekanntschaft anfängt, sind sie sehr überflüßig. Ich habe ihnen nichts geringers als mich selbst zu danken, und da wir nicht länger als diese Nacht beysammen bleiben werden, so müßte ich mir selbst Vorwürfe machen, wenn ich ihnen Anlaß gäbe, die Zeit mit Complimenten zu verderben. Ich weiß, daß sie der Ruhe bedürftig sind; sie sind schon ausgekleidet, legen sie sich immer zu Bette. Es ist zwar das einzige, das in diesen Gemächern ist, aber es steht ein Sopha in dem grossen Saal, auf dem ich die Nacht ganz bequem werde zubringen können.

Madame, versetzte der Prinz, ohne daß er selbst recht wußte, was er sagte, ich würde in diesem Augenblick – der glücklichste unter allen Sterblichen seyn, wenn ich nicht – der unglücklichste wäre. Ich muß ihnen gestehen, ich finde was ich nicht gesucht habe, indem ich suchte, was ich verlohren hatte, und wenn nicht der Schmerz, sie gefunden zu haben, die Freude meines Verlusts – Nein, die Freude, wollt ich sagen, sie gefunden zu haben –

Je nun, wahrhaftig, fiel ihm die Fee ins Wort, ich glaube sie schwärmen! Was wollen sie mir mit allem dem Galimathias sagen? Kommen sie, Prinz Biribinker, gestehen sie mir in guter Prosa, daß sie in ein Milchmädchen verliebt sind. –

«Sie rathen so glücklich, sagte der Prinz, daß ich ihnen gestehen muß –»

O! daraus haben sie gar kein Bedenken zu machen, fuhr die Fee fort; und in ein Milchmädchen, das sie diesen Morgen in einer schlechten Hütte angetroffen haben, in einem Stall, was man sagen möchte –

«Aber, ich bitte sie, woher – wie können sie –»

Und die auf einer Streu von Pomeranzen-Blühten im Begriff war eine himmelblaue Ziege in einen Kübel von Rubin zu melken – nicht wahr?

Wahrhaftig! rief der Prinz, für eine Person, die vor einer Viertelstunde (nehmen sie mirs nicht ungnädig) noch – ich will nicht sagen was? war, wissen sie erstaunlich viel –

«Und die davon lief, so bald sie den Namen Biribinker hörte –»

Aber, ich bitte sie, Madame, woher können sie das alles wissen, da sie doch, wie sie sagen, schon zwey hundert Jahre in dem sonderbaren Stande gewesen sind, worinn ich die Ehre gehabt habe, sie so unverhoft kennen zu lernen.

Nicht so unverhoft auf meiner Seite als sie sich einbilden, antwortete die Fee; Aber heissen sie ihre Neugierigkeit noch einen Augenblick ruhen. Sie sind abgemattet, und haben den ganzen Tag nichts gegessen; kommen sie mit mir in den Saal, es ist schon für uns beyde gedeckt, und ich hoffe, ihre Treue gegen ihr schönes Milchmädchen werde ihnen doch erlauben, mir wenigstens bey Tische Gesellschaft zu leisten. Biribinker merkte den geheimen Verweiß sehr wohl, der in diesen Worten lag, er that aber nicht dergleichen, und begnügte sich mit einem tiefen Reverenz ihr in den Speißsaal zu folgen.

So bald sie hinein gekommen waren, gieng die schöne Cristalline, (so hieß die Fee) zum Camin, und bemächtigte sich eines kleinen Stabs von Ebenholz, an dessen beyden Enden ein diamantner Talisman befestiget war. Nun habe ich nichts weiter zu besorgen, sagte sie, setzen sie sich, Prinz Biribinker; ich bin nun Meisterin von diesem Palast und von vierzig tausend elementarischen Geistern, die der grosse Zauberer, der ihn vor fünf hundert Jahren erbaute, zum Dienst desselben bestimmt hat.

Mit diesen Worten schlug sie dreymal an den Tisch, und in

dreyen Augenblicken sahe Biribinker mit Erstaunen, daß er mit den niedlichsten Speisen besetzt war, und daß die Flaschen auf dem Schenktisch sich von selbst mit Wein anfüllten.

Ich weiß, sagte die Fee zum Prinzen, daß sie nichts als Honig essen; versuchen sie einmal von diesem hier, und sagen sie mir, ob sie jemals dergleichen gekostet haben. Der Prinz aß davon und schwur, daß es nichts geringers als das Ambrosia der Götter seyn könne. Er wird, sagte sie, aus den reinsten Düften der unverwelcklichen Blumen bereitet, die in den Gärten der Sylphen blühen. Und was sagen sie zu diesem Wein, fuhr sie fort, indem sie ihm eine volle Trinkschaale darbot? Ich schwöre ihnen, rief der entzückte Prinz, daß die schöne Ariadne dem jungen Bachus keinen bessern eingeschenckt hat. Er wird, versetzte sie, aus den Trauben gedruckt, die in den Gärten der Sylphen wachsen, und dem Gebrauch desselben haben diese schöne Geister die unsterbliche Jugend und Munterkeit zu danken, die in ihren Adern wallt.

Die Fee sagte nichts davon, daß dieser Nectar noch eine andere Eigenschaft hatte, die der Prinz gar bald zu erfahren anfieng. Je mehr er davon trank, je reitzender fand er seine schöne Gesellschafterin. Beym ersten Zug bemerkte er, daß sie sehr schöne blonde Haare hatte; beym andern wurde er von der Schönheit ihrer Arme gerührt, beym dritten entdeckte er ein Grübchen in ihrem linken Backen, und beym vierten entzückte ihn die Weisse und Fülle eines gewissen Busens, der unter dem Nebel eines dünnen Flors seinen Augen nachstellte. Ein so reitzender Gegenstand und eine Trinkschaale, die sich immer wieder von sich selbst anfüllte, waren mehr als er nöthig hatte, um seine Sinnen in ein süsses Vergessen aller Milchmädchen der ganzen Welt einzuwiegen. Was sollen wir sagen? Biribinker war zu höflich, eine so schöne Fee auf dem Sopha schlafen zu lassen, und die schöne Fee zu dankbar, als daß sie ihm in einem Hause, wo vierzig tausend Geister herum spuckten, ihre Gesellschaft hätte abschlagen können. Kurz, die Höflichkeit wurde auf der einen, und die Dankbarkeit auf der andern Seite so weit getrieben, als es möglich war, und Biribinker bewieß sich der guten Neigung vollkommen würdig, welche Cristalline beym ersten Anblick von ihm gefaßt hatte.

Die Fee erwachte, wie die Geschichte sagt, zuerst, und konnte den Übelstand nicht ertragen, einen so ausserordentlichen Prinzen in so guter Gesellschaft schlafen zu sehen. Prinz Biribinker, sagte sie zu ihm, nachdem sie ihn, man weißt nicht wie, erweckt hatte, ich habe ihnen keine gemeine Verbindlichkeiten. Sie haben mich von der unanständigsten Bezauberung, die jemals ein Frauenzimmer erlidten hat, befreyt; sie haben mich an meinem Eyfersüchtigen gerochen; nun ist nur noch eins übrig, und sie können sich auf die unbegrenzte Dankbarkeit der Fee Cristalline Rechnung machen.

Und was ist dann noch übrig, fragte der Prinz, indem er sich die Augen rieb?

So hören sie dann, antwortete die Fee. Dieser Palast gehörte, wie ich ihnen schon gesagt habe, einem Zauberer, dem seine Wissenschaft eine fast unumschränkte Macht über alle Elemente gab. Allein seine Macht über die Herzen war desto eingeschränkter. Zum Unglück war er, trotz seinem hohen Alter und einem schneeweissen Bart, der ihm bis an die Gürtel herab hieng, eine der verliebtesten Seelen, die jemals gewesen sind. Er verliebte sich in mich, und ob er gleich die Gabe nicht hatte sich wieder lieben zu machen, so hatte er doch Macht genug um gefürchtet zu werden. Bewundern sie die

Wunderlichkeit des Schicksals; ich versagte ihm mein Herz, welches zu gewinnen er sich alle nur ersinnliche Mühe gab, und überließ ihm meine Person, die ihm zu nichts nütze war. Vor langer Weile wurde er endlich eyfersüchtig, aber so eifersüchtig, daß es nicht auszustehen war. Er hatte die schönsten Sylphen zu seiner Bedienung, und doch ärgerte er sich über die unschuldigsten Freyheiten, die wir mit einander nahmen. Er brauchte einen nur in meinem Zimmer oder auf meinem Sopha anzutreffen, so war ich schon gewiß, daß ich ihn nicht wieder zu sehen bekam. Ich verlangte von ihm, daß er sich auf meine Tugend verlassen sollte, aber auch diese schien dem Unglaubigen keine hinlängliche Bürgschaft gegen ein Schicksal, das er so wohl zu verdienen sich bewußt war. Kurz, er schafte alle Sylphen ab, und nahm zu unsrer Bedienung lauter Gnomen an, kleine mißgeschaffene Zwerge, bey deren blossen Anblick ich vor Eckel hätte ohnmächtig werden mögen. Allein wie die Gewohnheit endlich alles erträglich macht, so versöhnte sie mich nach und nach mit der Figur dieser Gnomen, und machte, daß ich zuletzt possierlich fand, was mir anfangs abscheulich vorgekommen war. Es war keiner unter allen, der nicht etwas übermäßiges in seiner Bildung gehabt hätte. Der eine hatte einen Höcker wie ein Cameel, der andere eine Nase, die ihm bis über den Mund herab hieng, der dritte Ohren wie ein Faun, und ein Maul, das ihm den Kopf in zwo Halbkugeln spaltete, der vierte einen ungeheuren Wanst; kurz, eine Chinesische Einbildungskraft kan nichts abentheurlichers erfinden als die Gesichter und Figuren dieser Zwerge. Allein der alte Padmanaba hatte nicht bemerkt, daß sich unter seinen Aufwärtern einer befand, der in einem gewissen Sinn gefährlicher war als der schönste Sylphe von der Welt. Nicht, daß er weniger häßlich gewesen wäre, als die übrigen; aber durch ein seltsames Spiel der Natur war bey ihm ein Verdienst, was bey andern zu nichts diente als die Augen zu beleidigen.

Ich weiß nicht, ob sie mich verstehen, Prinz Biribinker?

Nicht allzuwohl, versetzte der Prinz, aber erzählen sie nur weiter, vielleicht werden sie in der Folge deutlicher werden.

Es stund nicht lange an, fuhr die schöne Cristalline fort, so hatte Grigri, (so hieß der Gnome) Ursache zu glauben, daß er mir weniger mißfalle als seine Gesellen. Was wollen sie? Man geräth auf allerley Einfälle, wenn man lange Weile hat, und Grigri hatte eine ausserordentliche Gabe mißvergnügten Damen die Zeit zu vertreiben. Mit einem Wort, er wußte meine müßige Stunden (und ich hatte ihrer in der That sehr viele) auf eine so angenehme Art auszufüllen, daß man nicht zufriedener seyn kan als ich war. Padmanaba bemerkte endlich die ungewohnte Fröhlichkeit, die aus meinem Gesicht und aus meinem ganzen Wesen hervor schimmerte. Er zweifelte nicht, daß sie eine andere Ursache haben müßte als das Vergnügen, so er selbst mir machte; aber er konnte nicht errathen, was es für eine seyn möchte. Zum Unglück war er ein grosser Meister in derjenigen Art von Schlußreden, die man Soriten nennt. Er gerieth durch eine lange Kette von Schlüssen endlich auf eine Vermuthung, die ihm das ganze Geheimniß aufzuschliessen schien. Er beschloß uns zu beobachten, und nahm seine Zeit so wohl, daß er uns in eben diesem Cabinet bey einem Spiel überraschte, welches die unerschöpfliche Geschicklichkeit des kleinen Grigri ausserordentlich interessant zu machen wußte. Hätten sie es geglaubt, mein Prinz, daß man ein so schlimmes Herz haben könnte, als der alte Zauberer bey dieser Gelegenheit zeigte? An statt großmüthig an meinem Vergnügen Antheil zu nehmen, erzürnte er sich darüber, der Niederträchtige! Er hätte sich immer erzürnen mögen, daß er nicht Grigri war, aber was konnte unbilliger seyn als uns deßwegen zu strafen?

In der That, sagte Biribinker, nichts unbilligers! denn wenn er nur in einem einzigen Punct Grigri gewesen wäre, so bin ich gewiß, daß sie ihm ungeachtet seines langen weissen Bartes den Vorzug vor einem kleinen häßlichen Zwergen gegeben hätten. –

Was sagen sie mir von einem kleinen häßlichen Zwerg, erwiederte Cristalline; ich versichere sie, in dem Augenblick, wovon wir reden, war Grigri ein Adonis in meinen Augen. Aber hören sie nur, wie es weiter gieng. Nachdem der Alte unsichtbarer Weise unsern Spielen eine Weile zugesehen hatte, trat er endlich hervor und setzte uns in einen Schrekken, der sich leichter einbilden als beschreiben läßt. Er schüttete die ganze Wuth über uns aus, in die ihn ein Anblick gesetzt hatte, der seines Unvermögens zu spotten schien. Ich schäme mich ihnen die Complimente zu wiederhohlen, die er mir bey dieser Gelegenheit machte. Kurz, (denn ich muß die Zeit sparen) er verwandelte mich – sie wissen wohl – worein, und den armen Grigri in eine Hummel. –

In eine Hummel, rief Biribinker, das ist sonderbar; so ist vielleicht Herr Grigri von meiner Bekanntschaft. –

Mit der Bedingung, fuhr Cristalline fort, daß ich meine Gestalt nicht eher wieder bekommen sollte, bis ich dem Prinzen Biribinker – verzeihen sie meiner Schamhaftigkeit, daß ich den Umstand nicht nenne, worinn ich zu erst das Vergnügen hatte sie kennen zu lernen, und in der That, ohne ihnen zu schmeicheln, so sehr zu ihrem Vortheil, daß ich in der ersten Bestürzung im Begriff war, sie für den armen Grigri selbst zu halten.

Sie erweisen mir allzuviel Ehre, erwiederte Biribinker, und wenn ich gewußt hätte, daß ihr Herz für einen so würdigen Gegenstand eingenommen wäre –

Ich bitte sie, sagte die Fee, gewöhnen sie sich doch die unzeitigen Complimente ab, die sie so gern zu machen pflegen; sie können nicht glauben, wie gezwungen und wunderlich es ihnen läßt. Ich sage ihnen, daß ich die beste Meynung von ihrer Bescheidenheit habe, und ich denke, ich gebe ihnen eine sehr starke Probe davon, da ich mich so nahe bey ihnen sicher glaube. Ich erinnere mich zwar nicht allzuwohl, wie es zugegangen ist, daß wir so vertraulich mit einander worden sind; denn ich gestehe, daß ich aus Vergnügen über unsere so lang gewünschte Zusammenkunft ein paar Gläser mehr getrunken als ich zu trinken pflege; aber ich hoffe doch, sie werden sich in den Schranken –

In der That schöne Cristalline, fiel ihr der Prinz ins Wort, ich finde ihr Gedächtniß so ausserordentlich als die Tugend, worauf sie wollten, daß der alte Padmanaba sich verlassen sollte; aber sagen sie mir doch, wenn sie es nicht auch vergessen haben, was wurde denn aus der Hummel?

Sie erinnern mich eben recht daran, antwortete die Fee; der arme Grigri! ich hatte ihn würklich vergessen – es ist mir leyd, aber der grausame Padmanaba hat seine Befreyung auf eine so ungereimte Bedingung gesetzt, daß ich nicht weiß, wie ich es ihnen werde sagen können –

Und was kan denn das für eine Bedingung seyn, fragte Biribinker?

Ich begreiffe nicht, antwortete Cristalline, was sie dem alten Zauberer gethan haben können, daß er sie in diese Händel eingemischt hat; denn das ist gewiß, daß damals, da alle diese Verwandlungen vorgiengen, ihre Älter-Mutter noch nicht einmal gebohren war. Mit einem Wort, Grigri soll seine vorige Gestalt nicht wieder bekommen, bis sie – Nein! die Delicatesse meiner Empfindungen läßt mir nicht zu, es ihnen zu sagen, und ich begreiffe nicht, wie ich fähig seyn werde, mich dazu zu verstehen; denn sie werden, denk ich, an der Röthe, womit der blosse Gedanke daran mein Gesicht überzieht, schon errathen haben, was es ist.

Ich will selbst gleich zu einem dreyfachen Hummel werden, rief Biribinker, wenn ich errathe, was sie haben wollen; ich bitte sie, machen sie nicht so viel Umschweiffe; es ist schon heller Tag, und ich kan mich nicht aufhalten –

Wie? sagte die Fee, wird ihnen die Zeit so lange bey mir? bin ich nicht fähig, ihnen ein Milchmädchen nur für etliche Stunden aus dem Sinn zu bringen? Sie sollten mir wenigstens aus Eigennutz ein wenig den Hof machen; denn ich kan mehr zu ihrem Glücke beytragen als sie sich einbilden.

So sagen sie mir dann geschwind, was ich thun soll, erwiederte Biribinker. –

Wie ungedultig sie sind, rief die Fee! Wissen sie also, daß der arme Grigri nicht eher wieder Grigri werden soll, bis der Prinz Biribinker – Nun! so rathen sie doch – Aber das versichere ich ihnen, wenn es nicht um die Wiederherstellung eines alten guten Freundes zu thun wäre, ich könnte mich nimmermehr dazu verstehen, das Opfer der Rache zu werden, welche Padmanaba durch ihren – Beystand an dem armen Grigri nehmen will.

Er will doch nicht, daß ich ihnen das Leben nehmen soll, sagte der Prinz?

Nun, das muß ich gestehen, antworte Cristalline, daß sie heute mit einem ausserordentlich harten Kopf aufgewacht sind; Glauben sie denn nicht, daß ein recht eingenommener

Liebhaber seine Geliebte lieber sterben als in eines andern Armen sehen würde?

Ha, ha! Nun versteh ich sie endlich, Madam, sagte Biribinker ganz kaltsinnig; wahrhaftig! ihre Schamhaftigkeit hätte nicht nöthig gehabt sich so viel Bedenken zu machen, die Sache gerade heraus zu sagen. Aber erlauben sie mir ihrem Gedächtniß ein wenig nachzuhelfen, und sie zu erinnern, daß wenn es mir hieran läge, Grigri schon lange enthummelt seyn müßte. Es sind noch nicht drey Stunden –

Ich glaube, sie haben Zerstreuungen, unterbrach ihn die Fee! – Indessen müssen sie wissen, daß Padmanaba sehr streng über dem Recht der Wiedervergeltung hält, und daß Grigri nicht eher zu seiner ersten Gestalt gelangen kan, bis sie ihm alle die Beleidigungen wieder geben, welche der Zauberer von ihm empfangen zu haben glaubt.

O! Madame, rief der Prinz, indem er aus dem Ruhebette sprang, ich bin des Herrn Padmanaba gehorsamer Diener; aber wenn es nur auf diesen kleinen Umstand ankommt, so werden sie unter den zehen tausend Gnomen, die ihnen zu Diensten stehen, einen neuen Grigri suchen müssen, um ihren graubartigen Gecken an seinem wunderthäthigen Nebenbuhler zu rächen (denn daran wird ihnen vermuthlich mehr gelegen seyn, als daß ihr kleiner Zwerg seine vorige Schönheit wieder bekomme) was mich betrift, so denke ich, sie sollten zufrieden seyn, daß ich ihnen die ihrige wieder gegeben. Ich sage das nicht, als ob ich mich durch die Gütigkeiten, die sie für mich gehabt haben, nicht überflüßig für einen Dienst belohnt halte, der mich so wenig gekostet hat; ich wollte sie nur erinnern, daß die Hauptsache doch immer in dem Umstande liegt, daß sie, an statt ein crystallener Nachttopf zu seyn, wieder die Fee Cristalline sind, und daß die Gewalt, die ihnen der Zauberstab des alten Padmanaba giebt, sie gar leicht wegen des Verlusts eines einzigen sollte trösten können.

Ich hoffe doch nicht, versetzte Cristalline, daß sie meine Sorge für den armen Grigri einer eigennützigen Absicht beymessen? Sie müßten in der That weder die Feinheit meiner Empfindungen, noch die Pflichten der Freundschaft kennen, wenn sie nicht begreiffen könnten, daß man sich für einen Freund beeyfern kan, ohne einen andern Bewegungs-Grund zu haben, als das Beste dieses Freunds, und ich müßte sie bedauren –

O! Madame, erwiederte Biribinker, der sich indessen angekleidet hatte, ich bin von der quintessenz-mäßigen Feinheit ihrer Empfindungen so überzeugt, als sie es nur verlangen können; aber sie sehen, wie bequem dieser Morgen ist, meine Reise fortzusetzen. Seyn sie so gütig, sie, deren Herz einer so uneigennützigen Freundschaft fähig ist, und entdekken mir, auf welchem Weg ich meine geliebte Galactine wieder finden kan: So will ich gegen alle und jede behaupten, daß sie die großmüthigste, die uneigennützigste, und wenn sie wollen, auch die sprödeste unter allen Feen des Erdkreises sind.

Sie sollen befriediget werden, antwortete Cristalline; gehen sie, und suchen ihr Milchmädchen, weil es doch ihr Schicksal so haben will; ich hätte vielleicht Ursache mit ihrer Aufführung nicht allzu sehr zufrieden zu seyn, aber ich sehe wohl, daß man es mit ihnen nicht so genau nehmen muß. Gehen sie, Prinz, sie werden im Hof ein Maulthier antreffen, welches so lange mit ihnen davon trotten wird, bis sie ihre Galactine gefunden haben; und wofern ihnen wider Vermuthen etwas unangenehmes zustossen sollte, so werden sie in dieser Erbsen-Schotte ein unfehlbares Mittel dagegen finden.

Der Prinz Biribinker steckte die Erbsen-Schotte zu sich, bedankte sich gegen die Fee für alle ihre Gütigkeiten, und stieg in den Hof herab. Sehen sie hier, sagte Cristalline, die ihn begleitete, sehen sie hier ein Maulthier, das vielleicht wenige seines gleichen hat. Es stammt in gerader Linie von dem berühmten trojanischen Pferd und der Eselin des Silenus ab. Von der väterlichen Seite hat es die Eigenschaft, daß es von Holz ist, und weder Futter noch Streue noch Striegel nöthig hat, und von der mütterlichen, daß es einen überaus sanften Trab geht, und so gedultig ist wie ein Schaaf. Steigen sie auf, und lassen es gehen, wohin es will; es wird sie zu ihrem geliebten Milchmädchen bringen, und wenn sie nicht so glücklich seyn werden als sie wünschen, so wird die Schuld nur an ihnen selbst seyn.

Der Prinz besahe dieses ausserordentliche Thier von allen Seiten, und hatte alle die Wunderdinge, die ihm in diesem Schloß begegnet waren nöthig, um ihm so viel Gutes zuzutrauen, als ihm die Fee nachgerühmt hatte. Indessen, daß er aufstieg, wollte ihm Cristalline noch eine Probe geben, daß sie nicht zu viel von ihrer Macht gesagt hatte. Sie schlug mit ihrem Stab dreymal in die Luft, und siehe! auf einmal erschienen alle zehen tausend Sylphen, welche ihr der Stab des Padmanaba unterthänig machte; der Hof, die Treppe, die Galerie, und so gar die Dächer und die Luft wimmelte von geflügelten Jünglingen, wovon der geringste den vaticanischen Apollo an Schönheit übertraf. Bey allen Feen, rief Biribinker, von diesem Anblick ausser sich selbst gesetzt, was für einen glänzenden Hof sie haben! Lassen sie den kleinen Grigri immer eine Hummel bleiben, Madame, und halten sie sich an diese hier; es müßte unglücklich seyn, wenn unter allen diesen Liebes-Göttern keiner fähig seyn sollte, ihnen einen Gnomen zu ersetzen, der ihrem eigenen Geständniß nach keinen andern Vorzug vor seinen mißgeschaffnen Gesellen hatte, als daß er auf eine kurzweiligere Art ungestalt war. Sie sehen wenigstens, versetzte Cristalline, daß es mir nicht an Gesellschaft fehlt, die mich wegen ihrer Unbeständigkeit trösten kan, wenn es mir jemals einfallen sollte, daß ich getröstet seyn wollte.

Mit diesen Worten wünschte sie ihm eine glückliche Reise, und Biribinker trabte auf seinem hölzernen Maulthier davon, indem er allem demjenigen nachdachte, was ihm in diesem wundervollen Schlosse begegnet war.

Ich will dem Leser die manchfaltigen Betrachtungen erlassen, welche Biribinker unterwegs mit sich selbst anstellte, um ihnen zu sagen, daß er gegen Mittag, da die Hitze unerträglich zu werden anfieng, an dem Eingang eines Waldes abstieg, und sich an den Rand eines kleinen Bachs setzte, der von Bäumen und Gebüschen umschattet war. Nicht lange so erblickte er eine Schäferin, die eine kleine Heerde rosenfarber Ziegen vor sich her trieb, um sie an dem Bache zu tränken, wo Biribinker im Schatten lag.

Wie groß mußte seine Entzückung seyn, als er in dieser jun gen Hirtin sein geliebtes Milchmädchen erkannte! Sie kam ihm noch zehenmal schöner vor, als da er sie das erstemal gesehen hatte; aber was ihn am meisten erfreute, war, daß sie an statt vor ihm zu fliehen immer näher herbey kam, und sich endlich, (wie es schien) ohne ihn zu bemercken, nicht weit von ihm ins Graß setzte. Der Prinz unterstund sich nicht sie anzureden, aber er sahe sie mit so durchdringenden feurigen Blicken an, daß die Steine im Bache bey nahe davon in Glas verwandelt worden wären. Die schöne Schäferin, welche sehr kalter Natur seyn mußte, um von so kräftigen Blicken nicht geröstet zu werden, flochte indessen ganz gelassen einen Blumenkranz, und unterließ nicht von Zeit zu Zeit einen Seitenblick auf ihn zu werfen, worinn er nichts weniger als Unwillen zu entdecken vermeynte. Dieses machte ihn so kühn, daß er näher zu ihr rückte, ohne daß sie es wahrnahm; denn sie spielte eben mit einer kleinen Ziege, die an statt der Haare lauter Silberfaden hatte, und mit Blumenkränzen und rosenfarben Bändern aufs artigste geziert war. Seine Augen sagten ihr aus diesem neuen Stand-Punct nicht weniger schönes als zuvor, und die ihrigen antworteten von Zeit zu Zeit so höflich, daß er sich endlich nicht länger halten konnte, sich zu ihren Füssen zu werfen, und ihr (nach seiner Gewohnheit) in sehr poetischen Redensarten zu wiederholen, was er vorher in einer weit verständlichern und überzeugendern Sprache gesagt hatte. Nachdem seine zärtliche Elegie zu Ende war, antwortete ihm die schöne Schäferin, mit einem Blick, welcher kaltsinniger anfieng als aufhörte: Ich weiß nicht ob ich sie recht verstanden habe, wollten sie mir alle diese Weile her nicht sagen, daß sie mich lieb hätten? – Himmel! daß ich sie liebe! rief der entzückte Biribinker, sagen sie, daß ich sie anbete, daß ich meine schmachtende Seele zu ihren Füssen aushauche. Sehen sie, antwortete die Schäferin, ich bin nur ein ganz einfältiges Mädchen, ich verlange nicht, daß sie mich anbeten sollen, und sie sollen auch ihre Seele nicht aushauchen, denn ich denke nicht, daß sie zu viel davon haben; ich würde wohl zufrieden seyn, wenn sie mich nur liebten. Aber ich gestehe ihnen, daß ich schwerer zu überzeugen bin, als die Fee, mit der sie die vergangene Nacht zugebracht haben – Götter! rief der bestürzte Prinz, was höre ich? – Wie ist es möglich – Wer kan ihnen – Woher wissen sie – ich weiß nicht was ich sage – O! unglückseliger Biribinker.

Die schöne Schäferin that einen grossen Schrey, ehe er diesen fatalen Namen noch ganz ausgesprochen hatte. Ja wohl unglückseliger Biribinker, rief sie aus, indem sie sich mit grosser Hastigkeit vom Boden aufrafte; müssen sie mein Ohr schon wieder mit diesem schändlichen Namen beleidigen? Sie zwingen mich sie zu hassen und zu fliehen, da ich – Hier wurde die erzürnte Galactine plötzlich von einem Anblick unterbrochen, der dem Prinzen und ihr selbst auf einmal alle andere Gedanken benahm. Sie sahen einen Riesen auf sie zu kommen, der an statt eines Kranzes ein paar junge Eichbäume um den Kopf geflochten hatte, und sich unterm Gehen die Zähne mit einem Zaunpfal ausstocherte. Er gieng gerade auf die Schäferin zu, und donnerte sie mit einer so entsetzlichen Stimme an, daß mehr als zwey hundert Dolen, die ihre Nester in seinem Bart hatten, mit grossem Gekrächze heraus geflogen kamen. Was hast du hier, rief er, mit diesem kleinen Zwerg, Püpchen? Folge mir augenblicklich, oder ich hacke dich zu kleinen Pastetchen; und du, sagte er zu dem Prinzen, indem er ihn in einen grossen Sack steckte, herein in meinen Sack; Nach diesem sehr laconischen Gruß schnürte er den Sack zu, nahm die Schäferin auf den Arm, und trabte davon. Biribinker glaubte in den leeren Raum gestürzt worden zu seyn, denn er fiel und fiel immer fort, ohne daß es ein Ende nehmen wollte. Endlich kam er doch auf den Boden, aber stieß den Kopf so stark an einem Weberknopf an, daß er etliche Minuten ganz betäubt da lag, und die Hirnschale gebrochen zu haben glaubte. Nach und nach erholte er sich wieder, und da besann er sich an die Erbsen-Schotte, die ihm Cristalline gegeben hatte; er brach sie auf, fand aber nichts als ein kleines Messer von Diamant mit einem Heft von einer Greiffen-Klaue, kaum so groß, daß man es mit drey Fingern fassen konnte. Ist das alles, dachte er, was die Fee Cristalline für mich thut? Was will sie, daß ich mit diesem Spielzeug machen soll? Es ist kaum groß genug, daß ich mir die Kehle damit abschneiden könnte, und vielleicht ist das auch ihre Meynung. Aber man muß doch alles andere vorher versuchen, ehe man sich die Kehle abschneidt. Ich kan mit diesem Messerchen ein Loch in den Sack bohren, ob es gleich Mühe kosten wird, und wenn ich schon einen Sprung wagen muß, so will ich doch lieber alles wagen als Gefahr lauffen, daß dieser verfluchte Popanz kleine Bratwürstchen für seine Popänzchen aus mir macht. In dieser großmüthigen Entschliessung arbeitete der Prinz Biribinker, oder vielmehr das kleine Messer, worauf ein Talismann eingegraben war, so nachdrücklich, daß er in kurzer Zeit eine ziemliche Öfnung in den Sack machte, ungeachtet die Fäden des Gewebes so dick waren wie ein Anker-Seile. Er bemerkte, daß die Reise eben durch einen Wald gieng, und dachte seine Zeit so gut in Acht zu nehmen, daß er, indem er sich aus dem Sack heraus stürzte, an dem Wipfel eines hohen Baums sich halten könnte. Diesen Anschlag setzte er ungesäumt ins Werk, ohne daß es der Riese gewahr wurde; allein der Ast, an den er sich halten wollte, brach mit ihm, und der gute Biribinker fiel in ein ziemlich tiefes marmornes Brunnen-Becken voll Wassers, welches zu allem Glück unter ihm lag, denn was er für einen Wald angesehen hatte, befand sich ein sehr schöner Park, der zu einem nicht weit davon gelegenen Schloß gehörte. Er dachte, indem er untertauchte, zum wenigsten in das Caspische Meer gefallen zu seyn, oder besser zu sagen, er dachte gar nichts, so betäubt von Schrecken lag er da, und vermuthlich würde er in seinem Leben das Trockne nicht wieder gesehen haben, wenn nicht eine Nymphe, die sich eben in diesem Brunnen badete, zu seiner Rettung herbey geschwommen wäre. Die Gefahr, worinn sie einen so schönen jungen Menschen sah, machte sie vergessen, in was für einem Zustande sie selbst war, und in der That hätte er leicht ertrinken können, ehe sie ihre Kleider angezogen hätte. Kurz, Biribinker fühlte, da er zu sich selbst kam, daß sein Gesicht an dem schönsten Busen lag, der jemals gewesen ist, und da er die Augen aufthat, sahe er sich am Rande eines grossen Brunnens in den Armen einer Nymphe, die ihm, in dem ungekünstelten Aufzug, worinn er sie sah, beym ersten Anblick so viel und noch mehr Leben wieder gab, als er brauchte.

Dieses Abentheuer setzte ihn in ein so angenehmes Erstaunen, daß er kein Wort hervor bringen konnte. Allein die Nymphe merkte kaum, daß er wieder lebte, so rieß sie sich von ihm loß, und sprang ins Wasser. Biribinker, der sich einbildete, daß sie ihm entfliehen wolle, erhub ein so klägliches Geschrey, als ein kleiner Junge nur immer machen kan, wenn man ihm eine neue Puppe nehmen will. Die schöne Nymphe war wohl sehr weit von einem so grausamen Vorhaben entfernt; denn in wenigen Augenblicken sah er sie schon wieder mit einem Rücken, der die Lilien an Glanz übertraf, aus dem Wasser hervor ragen. Sie hob den Kopf ein wenig empor, aber kaum erblickte sie den Prinzen, so tauchte sie wieder unter, und plätscherte unter dem Wasser fort, bis sie an die andere Seite des Brunnens kam, wo ihre Kleider lagen. Allein da sie sah, daß ihr der Prinz folgte, erhub sie sich mit halbem Leib, aber ganz in ihre lange gelbe Haare eingehüllt, die ihr in dichten wallenden Locken bis zu den Füssen herab flossen, und seinen lüsternen Augen den Anblick von

Schönheiten entzogen, welche fähig waren, einen Titon zu verjüngen.

Sie sind sehr unbescheiden, Prinz Biribinker, sagte sie, daß sie sich in solchen Augenblicken aufdringen, da man allein seyn will.

Vergeben sie mir, schönste Nymphe, antwortete der Prinz, wenn mir ihre Bedenklichkeiten ein wenig unzeitig vorkommen; nach dem Dienst, den sie mir so großmüthig geleistet haben, dächte ich –

Man sehe doch, rief die Nymphe aus, was für einen Übermuth diese Mannsleute haben! Man untersteht sich nicht ihnen die mindeste kleine Höflichkeit zu erzeigen, ohne daß sie ihre Glossen darüber machen; und ein blosses Werk der Großmuth und des Mitleidens ist in ihren Augen schon eine Aufmunterung, wodurch sie berechtiget zu seyn glauben, sich Freyheiten mit uns heraus zu nehmen. Wie? weil ich gütig genug gewesen bin, ihnen das Leben zu retten, so glauben sie vielleicht –

Sie sind sehr grausam, unterbrach sie der Prinz, daß sie dasjenige einem unbescheidenen Übermuth beymessen, was eine nothwendige Würkung der Zauberey ihrer Reitzungen ist. Wenn sie mir das Leben wieder nehmen wollen, das sie mir gerettet haben (denn wer kan sie gesehen haben, und die Beraubung eines so entzückenden Anblicks ertragen?) so tödten sie mich wenigstens auf eine großmüthige Art; machen sie ein Denkmal ihrer alles bezwingenden Schönheit aus mir, und lassen mich hier in ihrem Anschauen zum Marmorbilde erstarren.

Sie haben, wie ich höre, eine hübsche Belesenheit in den Poeten, versetzte die Nymphe; wo nahmen sie doch diese Anspielung? – War nicht einmal eine gewisse Medusa – Sie haben ihren Ovidius gelesen, das ist gewiß, und man muß gestehen, daß sie ihrem Schulmeister Ehre machen.

Grausame! rief Biribinker mit Ungedult, was für ein Belieben finden sie, die Sprache meines Herzens, welches keinen Ausdruck für seine Empfindungen stark genug findet, mit den Figuren eines schülerhaften Witzes zu verwechseln? – Sie nehmen ihre Zeit sehr übel, wenn sie disputiren wollen, fiel ihm die Nymphe ein, sehen sie denn nicht, wie viel Vortheile ich in dem Element, worinn ich bin, über sie habe? Aber ich bitte sie, gehen sie hinter diese Myrrthen-Hecken, und erlauben sie mir, daß ich mich ankleide, wenn sie so gut seyn wollen – Würde es aber nicht großmüthiger von ihnen seyn, wenn sie mir erlaubten, daß ich sie ankleiden hülfe? – Glauben sie das? erwiederte die Nymphe; ich danke ihnen für ihre Dienstfertigkeit; aber ich möchte ihnen nicht gerne Mühe machen, und sie sehen auch, daß ich Leute genug habe, die diese Arbeit besser gewohnt sind als sie.

Mit diesen Worten bließ sie in ein kleines Ammons-Horn, so ihr an einer Schnur der grösten und feinsten Perlen am Halse hieng, und in einem Augenblick erfüllte sich der ganze Brunnen mit jungen Nymphen, die plätschernd aus dem Wasser herauf fuhren, und einen Kreis um ihre Gebieterin machten. Biribinker konnte sich jetzt noch weniger entschliessen als zuvor auf die Seite zu gehen; aber die Nymphen erblickten ihn kaum, so spritzten sie ihm eine solche Menge Wassers ins Gesicht, daß er, aus Furcht ein anderer Actäon zu werden, so eilfertig davon lief, als ob er schon Hirschläufte hätte. Er fühlte sich alle Augenblicke an die Stirne, da er aber weder Geweyh noch Sprossen merkte, so schlich er wieder zurück, um hinter den Myrthen-Hecken der Ankleidung seiner schönen Nymphe zuzusehen. Allein er kam schon zu spät, die

Nymphen waren wieder verschwunden, und indem er hinter der Hecke hervor gehen wollte, fehlte es nicht viel, daß er mit dem Kopf an die Stirne seiner Erretterin angeschlagen hätte; die im Begriff war, ihn zu suchen. Er erstaunte ungemein, da er sie sahe. Wie? Madame, rief er aus, nennen sie das angekleidet seyn?

Warum nicht? antwortete die Nymphe; sehen sie denn nicht, daß ich in einen siebenfachen Schleyer von Leinwand eingewickelt bin? – Das gestehe ich, sagte der Prinz; wenn das Leinwand ist, so möchte ich wohl denjenigen sehen, der sie gewebt hat; denn das feinste Spinnen-Gewebe ist Segeltuch gegen dieses. Ich hätte geschworen, daß es Luft wäre. Es ist die feinste Art von gewebtem Wasser, versetzte sie, von einer Art trocknem Wasser, welches von Polypen gesponnen, und von unsern Mädchen gewebt wird; es ist die gewöhnliche Kleidung, die wir andern Ondinen zu tragen pflegen. Was für eine andere wollen sie, daß wir haben sollen, da wir uns weder vor Frost noch Hitze zu verwahren brauchen? Der Himmel verhüte, sagte Biribinker, daß ich ihnen eine andere wünsche; aber mich däucht, wenn sie es nicht ungnädig nehmen wollen, sie hätten vorhin nicht nöthig gehabt, so viel Umstände zu machen, wie sie aus dem Bade steigen wollten – Hören sie, mein Herr von Honigseim, sagte die Nymphe mit einem kleinen spöttischen Naserümpfen, das ihr sehr gut ließ; wenn ich ihnen rathen dürfte, so gewöhnten sie sich das moralisiren ab, denn es ist gerade das, worauf sie sich am wenigsten verstehen. Wissen sie denn nicht, daß der Gebrauch über die Anständigkeit entscheidet? Man sieht wohl, daß sie die Welt nie anders als in einem Bienen-Korbe gesehen haben, und sie würden sehr wohl thun, wenn sie nach dem Rath des weisen Avicenna über nichts urtheilten, was sie zum erstenmal sehen. Aber lassen sie uns von etwas anderm reden. Sie haben noch nicht zu Mittag gegessen, nicht wahr? und so verliebt sie immer, mit gewissen Ausnahmen, in ihr Milchmädchen sind, so weiß ich doch wohl, daß sie nicht gewohnt sind, von Seufzern zu leben.

Nach diesen Worten bließ sie wieder in ihr kleines Ammonshorn, und augenblicklich stiegen drey Nymphen aus dem Brunnen hervor. Die erste brachte einen kleinen Tisch von Bernstein, der von drey Gratien empor gehoben wurde, die aus einem einzigen Amethyste geschnitten waren. Die andere breitete eine Matte von den feinsten gespaltenen Binsen darüber aus, und die dritte trug ein Körbchen auf dem Kopfe, aus dem sie verschiedene bedeckte Muscheln auf den Tisch stellte. Man sagt mir, sie essen nichts als Honig, sprach die Nymphe zu Biribinker, sie sollen einen kosten, der nicht der schlimmste ist, ob er gleich aus lauter Seegewächsen gezogen wird. Der Prinz versuchte ihn, und fand ihn so gut, daß er bey nahe die Schale mit verschluckt hätte. Wie sie abgespeißt hatten, erschienen zwo andere Najaden mit einem kleinen Schenktisch von Saphir, der mit einer Menge Trinkschalen aufgesetzt war. Sie waren alle aus gediegenem Wasser geschnitzt, hart wie Diamant, durchsichtig wie Cristall, und wie es schien mit lauter Brunnenwasser angefüllt. Aber wie Biribinker davon kostete, befands sichs, daß die besten persischen Weine Phlegma dagegen waren. Gestehen sie, sagte die Ondine, daß sie hier nicht schlimmer sind, als bey der Fee Cristalline, bey der sie die vergangene Nacht zugebracht haben.

Sie sind allzubescheiden, schönste Ondine, antwortete der Prinz, daß sie sich mit einer Fee vergleichen, die in allen Stücken so weit unter ihnen ist.

Wieder übel geschlossen! erwiederte die Nymphe; ich sagte das nicht aus Bescheidenheit, sondern nur, um zu hören, was sie mir darauf antworten würden.

Aber ich bitte sie; meine Göttin, sagte der Prinz, wie geht es zu, daß sie so gute Nachrichten von mir haben? So bald sie mich sehen, nennen sie mich bey meinem Namen – Sie sehen daraus, antwortete die Nymphe, daß ich eine so gute Kennerin bin als die Fee Cristalline –«Sie wissen, daß ich in einem Bienen-Korb erzogen worden bin» – das riecht man ihnen auf zwanzig Schritte weit an –«daß ich ein Milchmädchen liebe» –; O! ja, wie man noch nie geliebt hat, und daß sie noch verliebter sind, seit dem sie eine Schäferin worden ist; und wer weißt, wie weit sie ihr Glück getrieben hätten, wenn nicht der Riese Caraculiamborix – Aber haben sie keinen Kummer; sie sollen sie wieder sehen, und so glücklich seyn, als man in Besitz eines Milchmädchens nur immer seyn kan.

O! rief Biribinker, bey dem die Geträncke der Ondine mächtig zu würken anfiengen, kan man etwas anders zu sehen oder zu besitzen wünschen, nachdem man sie gesehen hat, göttliche Ondine? Ich erinnere mich nur nicht mehr, daß ich vorher Augen hatte, und der Augenblick, da ich sie zum erstenmal sah, ist der Anfang meines Daseyns. Ich kenne und wünsche mir keine andere Glückseligkeit, als zu ihren Füssen von dem Feuer verzehrt zu werden, das ihr erster Blick in meiner Brust entzündet hat.

Prinz Biribinker, antwortete die Ondine, sie haben einen schlimmen Lehrmeister in der Redekunst gehabt; Ich hätte gedacht, die Fee Cristalline sollte ihnen die lächerliche Meynung benommen haben, daß man uns Unsinn vorsagen müsse, um uns die Heftigkeit seiner Leidenschaft zu beweisen. Ich wette was sie wollen, daß es nicht wahr ist, daß sie zu meinen Füssen verzehrt zu werden wünschen; glauben sie mir, ich weiß besser was sie wünschen, und sie würden mehr dabey gewinnen, wenn sie natürlich mit mir reden wollten. Diese schwülstige Sprache, die sie sich angewöhnt haben, ist vielleicht gut, Milchmädchen zu rühren; aber, lassen sie sich ein für allemal sagen, daß man uns nicht nach einerley Methode behandeln muß. Ein Frauenzimmer, das den Averroes so lange studirt hat, wie ich, wird durch keine poetische Blümchen gewonnen; man muß uns überzeugen können, wenn man uns rühren will, und die Macht der Wahrheit ist das einzige, was uns nöthigen kan, uns zu ergeben.

Biribinker war es zu sehr gewohnt von den Damen, denen er in die Hände fiel, gehofmeistert zu werden, als daß er sich durch einen Verweiß hätte kleinmüthig machen lassen sollen, der ihm die Mittel zeigte, wodurch man bey den Schülerinnen des Averroes glücklich werden kan; und in der That fühlte er, daß es ihn weit weniger Mühe kosten werde, sie durch die Energie der Wahrheit, als durch spitzfündige und schwülstige Liebes-Erklärungen zu überwältigen. Die Reitzungen der Ondinen übertreffen, nach dem vollgültigen Zeugniß des Grafen von Gabalis, alles, was den Besitz der schönsten unter den Töchtern der Menschen begehrenswürdig macht. Kurz, Biribinker wurde nach und nach so natürlich und überzeugend, als sie es nur wünschen konnte, und ob sie gleich eine genaue Beobachterin dessen war, was man Gradationen nennt, so wußte sie doch die Zeit so gut einzutheilen, daß es eben Nacht wurde, wie der Prinz die Überzeugung bis zu derjenigen Evidenz trieb, die keinen Zweifel übrig läßt. Die Geschichte sagt weiter nichts von dem, was zwischen ihnen vorgegangen, als daß sich Biribinker des Morgens, da er erwachte, zu seinem nicht geringen Erstaunen, auf eben dem Ruhebette, in eben dem Zimmer, in eben dem Pallast, und in dem nehmlichen Zustande befand, worinn er des Morgens zuvor gewesen war.

Die schöne Ondine, welche, man weißt nicht warum? sich nicht weit von ihm befand, merkte kaum, daß er erwacht war, als sie ihn, mit einer Anmuth, die ihn vor etlichen Stunden eben so sehr entzückt hatte, als sie ihn jetzt gleichgültig ließ, also anredete: Das Schicksal, mein lieber Biribinker, hat sie dazu ausersehen, sich unglückliche Feen verbindlich zu machen. Da ich das Vergnügen habe, eine davon zu seyn, so ist es billig, daß ich sie berichte, wer ich bin, und wie viel ich ihnen zu danken habe. Wissen sie also, daß ich eine von denjenigen Feen bin, die man Ondinen nennt, weil sie das Element des Wassers bewohnen, aus dessen subtilesten Atomen ihr Wesen zusammen gesetzt ist. Man nannte mich Mirabella, und der Stand einer Fee mit dem Rang, den mir meine Geburt unter den Ondinen gab, hätte mich glücklich machen können, wenn irgend etwas fähig wäre, uns gegen die Einflüsse eines feindseligen Gestirns zu schützen. Das meinige verurtheilte mich, von einem alten Zauberer geliebt zu werden, dem seine tiefe Wissenschaft eine unbegrenzte Gewalt über die elementarischen Geister gab. Allein bey allem dem war er der unangenehmste Mensch von der Welt, und ohne die Freundschaft eines Salamanders, der ein Günstling des alten Padmanaba war –

Wie? rief der Prinz, Padmanaba, sagen sie? der Mann mit dem schneeweissen Ellenlangen Bart, der arme Mädchens, die Langeweile haben, in Nachtgeschirre und kurzweilige Gnomen in Hummeln verwandelt?

Eben dieser, versetzte die Ondine, war es, der sich die Rechte eines Ehemanns über mich anmaßte, ohne zu den

Pflichten dieses Characters die mindeste Tüchtigkeit zu haben. Eine meiner Vorgängerinnen, die er in den Armen eines häßlichen Gnomen überraschte, hatte ihn so mißtrauisch gemacht, daß er auf seinen eigenen Schatten eyfersüchtig war. Er hatte alle Gnomen abgeschaft, und dafür lauter Salamander angenommen, deren feurige Natur, wie er dachte, geschickter war, Schrecken als Liebe einzuflössen. Sie erinnern sich ohne Zweifel aus ihrem Ovidius an die schöne Semele, die in der Umarmung eines Salamanders zu Asche wurde. Aber der gute Alte vergaß mit aller seiner Vorsichtigkeit, daß die wässerichte Natur der Ondinen sie vor einer solchen Gefahr vollkommen sichert, und das gedämpfte Feuer der Salamander zu einer sanften Hitze mäßiget, die der Liebe nicht wenig günstig ist. Padmanaba verließ sich so völlig auf seinen Günstling, daß er uns alle Freyheit ließ, die wir nur wünschen konnten. Sie bilden sich vielleicht ein, Prinz Biribinker, daß wir uns diese Gelegenheit nach der Weise materieller Liebhaber zu Nutze gemacht haben würden; aber sie irren sich. Flox, so hieß mein Freund der Salamander, war zu gleicher Zeit der zärtlichste und der geistigste Liebhaber von der Welt. Er merkte gleich, daß mein Herz nur durch den Verstand gewonnen werden könne, und trieb seine Gefälligkeit gegen meine Delicatesse so weit, daß er gar nicht einmal zu bemerken schien, daß ich, wie sie sehen, eine ziemlich feine Haut, eine nicht ganz gleichgültige Figur, und ein paar niedliche kleine Füßchen hatte, mit denen ich im Nothfall so fertig zu reden wußte, als eine andere mit den Augen. Mit einem Wort, er gieng mit mir um, als ob ich lauter Geist gewesen wäre. An statt wie andere Liebhaber mit mir zu tändeln, analysirte er mir die geheimnißvollen Schriften des Averroes; wir sprachen ganze

Tage lang von unsern Empfindungen, und ob es gleich im Grund immer eben dieselbigen waren, so wußten wir ihnen doch so vielerley Wendungen zu geben, daß wir immer etwas neues zu sagen schienen, wenn wir in der That immer einerley sagten. Sie sehen, mein Prinz, daß nichts unschuldigers seyn konnte, als unsere Freundschaft, oder, wenn sie es so nennen wollen, unsere Liebe. Und doch konnte uns weder die Lauterkeit unsrer Absichten, noch die Vorsichtigkeit einer jungen Gnomide, die in meinen Diensten, und in der That, ein dummes kleines Ding war, vor den boshaften Beobachtungen so vieler Augen, die der Neid auf uns offen hielt, sicher stellen. Verschiedene Salamander, von den Vorzügen beleidigt, die ich meinem Freund über sie gab, unterstunden sich, über unsern Umgang gewisse Glossen zu machen, die sich (ihrem Vorgeben nach) auf gewisse Vertraulichkeiten gründeten, die sie zwischen uns wahrgenommen haben wollten. Der eine bemerkte, daß ich ausserordentlich munter sey, und daß ein gewisses Feuer in meinen Augen blitze, welches lange Zeit darinn erloschen gewesen war; ein anderer konnte nicht begreiffen, daß meine Lust zur Philosophie groß genug seyn könne, um mir so gar in meinem Schlafzimmer Lectionen darinn geben zu lassen; ein dritter wollte eine gewisse Sympathie unserer Knien und Ellenbogen, und ein vierter ich weiß nicht was für ein geheimes Verständniß zwischen unsern Füssen entdeckt haben. Sie sehen, mein Prinz, daß, wenn auch in einer von den Zerstreuungen, denen die metaphysischen Seelen am häuffigsten unterworfen sind, etwas dergleichen vorgegangen wäre, man doch die Bosheit und materielle Denkungs-Art unserer Feinde haben mußte, um solche Kleinigkeiten zum Nachtheil einer Tugend auszudeuten, die sich jederzeit durch die strengsten Grundsätze in der Sittenlehre in einem festgesetzten Ansehen erhalten hatte.

Inzwischen wurde das Gemurmel unserer Mißgünstigen so laut, daß es endlich auch vor den alten Padmanaba kam, der nur allzu geneigt war, dergleichen Eingebungen ein aufmerksames Ohr zu leihen. Er wurde desto stärker dadurch aufgebracht, je grösser die Meynung gewesen war, die er von meiner Tugend oder wenigstens von der Kälte meines Bluts gefaßt hatte. Man machte einen Anschlag, uns zu überraschen, und es gelung endlich unsern Feinden, uns in einer von den obgedachten Zerstreuungen anzutreffen, die, zum Unglück, stark genug war, daß wir etliche Augenblicke den Gebrauch unserer Sinne verlohren zu haben schienen. Die donnernde Stimme des furchtbaren Padmanaba weckte mich endlich aus einer Art von Entzückung, worinn es sehr unangenehm ist, unterbrochen zu werden, sie können sich vorstellen, ob ich betroffen war, da ich in einem so delicaten Umstand, mich von so vielen Augen beleuchtet sah. Indeß verließ mich doch die Gegenwart des Geistes nicht ganz; ich bat meinen alten Gemahl, mich nicht eher zu verurtheilen, bis er meine Rechtfertigung gehört hätte, und war im Begriff, ihm aus dem siebenten Capitel der Metaphysik des Averroes zu beweisen, wie betrüglich das Zeugniß der Sinne sey, als er mich mit diesen Worten unterbrach: Ich habe dich zu sehr geliebt, Undankbare, als daß ich fähig wäre, die Rache an dir zu nehmen, die meine beleidigte Ehre fordert. Deine Strafe soll nichts anders als eine Probe der Tugend seyn, an welche du noch Ansprüche zu machen verwegen genug bist. Ich verbanne dich, fuhr er fort, indem er mich mit seinem Stab berührte, in die Bezirke des Parcs, der dieses Schloß umgibt; behalte deine Gestalt und die Vorrechte deines Feen-Standes, aber verliere beydes, und verwandle dich in das häßlichste Crocodill, so oft du mit jemand, wer er auch sey, in eine Zerstreuung fällst wie diejenige war, worinn ich dich hier gefunden habe. Wie sehr bedaure ich, daß es nicht in meiner Gewalt ist, diese Verzauberung unauflößlich zu machen! Aber die Zukunft wird, wie ich besorge, einen Prinzen hervor bringen, dessen wunderbares Gestirn aller meiner Macht Trotz bietet.

Alles, was ich thun kan, ist, die Auflösung meiner Bezauberungen an die Talismanische Kraft eines so seltsamen Namens zu binden, daß er vielleicht in vielen Jahrtausenden in keiner Sprache des Erdbodens wird gehört werden. Nachdem Padmanaba diese geheimnißvollen Worte gesprochen hatte, ward ich durch eine unsichtbare Gewalt in den Brunnen versetzt, wo sie mich zuerst gesehen haben, und bald darauf erfuhr ich, daß der Alte aus Verdruß über meine vermeynte Untreue das Schloß verlassen habe, ohne daß man wisse, was aus ihm oder meinem geliebten Salamander geworden sey. Ich war untröstbar über den Verlust des letztern, und machte meinen Nymphen etliche Tage lang so abscheuliche Gesichter, daß einige davon in Gichter fielen, und andere vor Angst auf der Stelle nieder kamen. Allein wie kein heftiger Schmerz langwierig seyn kan, so währete auch der meinige nur so lange, bis ich mich erinnerte, daß mir Padmanaba doch ein Mittel gelassen hatte, die Ehre meiner Tugend zu retten. Was soll ich ihnen sagen, Prinz Biribinker? Mehr als fünfzig tausend Prinzen und Ritter haben seit mehr als einem Jahrhunderte das Abentheuer vergeblich unternommen, das sie allein fähig waren, zu Stande zu bringen. Von was für Klagen, was für Verwünschungen erschallte nicht dieser Wald, wenn diese Unglücklichen statt einer reitzenden

Nymphe, die sie umfangen wollten, plötzlich ein ungeheures Crocodill – der Abscheu, den eine so demüthigende Erinnerung mir verursacht, läßt mich nicht weiter reden; es ist wahr, diese häßliche Verwandlung hörte sogleich wieder auf, aber jeder neuer Versuch, den sie machen wollten, sie aufzulösen, hatte jedesmal den nehmlichen Erfolg. Dieser Brunnen, welcher ehemals die gewöhnliche Grösse hatte, ist allein durch ihre Thränen so groß und tief worden, daß er, wie sie gesehen haben, einem kleinen See ähnlich sieht; und viele, die sich aus Verzweiflung hinein stürzten, würden einen feuchten Tod darinn gefunden haben, wenn meine Nymphen sie nicht aufgefangen, und wieder mit dem Leben ausgesöhnt hätten. Sie allein, glücklicher Biribinker, waren mächtig genug, eine Bezauberung zu vernichten, die mich in die traurige Nothwendigkeit setzte, so viele tausende zu Zeugen meines Unglücks zu machen. –

Aber eben das ist etwas, das ich noch nicht recht einsehe, sagte der Prinz. Wozu hatten sie alle diese Zeugen nöthig? Mir däucht, die Ehre ihrer Tugend, wie sie es nennen, wäre am besten gerechtfertiget worden, wenn sie sich nie in den Fall gesetzt hätten ein Crocodill zu werden. So schliessen sie und ihres gleichen, erwiederte Mirabella. Sagen sie mir einmal, was für Ehre kan eine erzwungene Tugend machen? Welches Frauenzimmer ist nicht fähig, ihren Begierden Gewalt anzuthun, wenn sie zu gleicher Zeit die Unmöglichkeit, sie zu befriedigen, und eine schimpfliche Strafe vor Augen sieht? Aber der Liebe zur Tugend die Furcht der Schande, ja in gewissem Sinn die Tugend selbst aufopfern, das ist ein Grad von moralischem Heldenmuth, dessen nur die edelsten Seelen fähig sind.

Erklären sie mir doch das deutlicher, sagte Biribinker,

ich bin sonst eben nicht der dummste, aber ich will gehangen seyn, wenn ich ein Wort von allem, was sie da sagten, verstanden habe.

Unsere Tugend, erwiederte die Fee, ist nur alsdann ein Verdienst, wenn es in unserer Willkühr stehet, ob wir sie behalten oder verlieren wollen. Lucretia würde nie als ein Muster der Keuschheit aufgestellt worden seyn, wenn sie den jungen Tarquinius in die Unmöglichkeit gesetzt hätte, einen Versuch auf ihre Ehre zu machen. Eine alltägliche Tugend würde ihr Schlafzimmer verrigelt haben; die erhabene Lucretia ließ es offen. Sie that noch mehr, sie ergab sich so gar, um Gelegenheit zu haben, durch das grosse Opfer, das sie der beleidigten Tugend brachte, der Welt zu zeigen, daß der kleinste Flecken, der ihren Glanz verdunkelt, mit Blut ausgelöscht zu werden verdient.

Sie sehen aus diesem Beyspiel, mein Prinz, wie weit die geläuterte Denkart grosser Seelen über die gemeinen Begriffe des moralischen Pöbels erhaben ist. Um eine Bezauberung aufzulösen, die meiner Tugend ihren grösten Werth, die Freywilligkeit und das Vergnügen der besiegten Schwierigkeit raubte, mußte ich mich so oft in den Fall setzen sie zu beleidigen, bis ich denjenigen gefunden hatte, der mich von einer Strafe befreyen konnte, wovon die blosse Vorstellung meiner edlen Denkungsart unerträglich war. Nun verstehen sie mich doch, hoffe ich?

Unvergleichlich, rief Biribinker aus, sie erklären sich immer dunkler. Aber das muß ich gestehen, daß sie, wenn sie es nicht übel nehmen wollen, die allersonderbarste Preciöse sind, die man vielleicht jemals in der Welt gesehen hat. Was sagen sie, versetzte die schöne Ondine sehr lebhaft? Wie? eine Preciöse? ich? eine Preciöse, sagen sie? Wahrhaftig sie kennen mich sehr schlecht, oder sie müssen in ihrem Leben keine Preciöse gesehen haben. Was finden sie geziertes oder gekünsteltes an meiner Person, an meinen Manieren, an meiner Kleidung, an meiner Art, mich auszudrücken? Was ist gezwungenes – Mit einem Wort, wollen sie, daß ich ihnen Proben gebe, daß ich keine Preciöse bin? Biribinker erschrack über diesen unverhoften Antrag so sehr als über die Art, wie sie ihm bewieß, daß es ihr Ernst sey. O! Madam, erwiederte er, ich glaube alles, was sie wollen! Ich brauche keine Probe, und ich sehe auch nicht wie ihre Tugend – Meine Tugend, rief die Fee! eben meine Tugend fordert von mir, sie zu überzeugen, daß ich keine Preciöse bin. Wenn sie keine Preciöse sind, antwortete Biribinker, so schwöre ich ihnen, daß ich kein Salamander bin, und daß meine Natur nicht feurig genug ist –

Fy, sagte die Ondine, schämen sie sich nicht, vor einem Frauenzimmer so unanständig zu reden? Was bilden sie sich ein? Wer fordert denn etwas von ihrer Natur, oder was geht es mich an, ob sie kalt oder feurig ist? Lassen sie sich sagen, daß sie ein Mensch ohne Delicatesse sind, der weder die Ohren noch die Wangen einer Dame zu schonen weißt. Wissen sie denn nicht, daß es ein Verbrechen ist, ein Frauenzimmer um einer Kleinigkeit willen erröthen zu machen. Unsere Tugend – O! Madame, fiel ihr Biribinker in die Rede, ich bitte sie, nennen sie mir dieses Wort nicht mehr! Wenn sie nur wüßten, wie es ihren schönen Mund verzerrt! Und erlauben sie mir, ihnen mit aller der Delicatesse, deren ich fähig bin, zu sagen, daß ich so viel gethan zu haben glaube, als man von einem braven Mann fordern kan, indem ich ein Abentheuer zu Stande gebracht, woran fünfzig tausend tapfere Helden zu kurz gefallen sind. Was noch mehr zu thun seyn mag, überlasse ich den Salamandern, Sylphen, Gnomen, Faunen und

Tritonen, welche nunmehr ein ofnes Feld haben, ihre Tugend im Athem zu erhalten. Alles, warum ich sie bitte, ist ihr Schutz und meine Entlassung.

Was ihre Entlassung betrift, antwortete die schöne Mirabella, die können sie sich selbst geben, denn sie wissen, daß ich sie nicht geruffen habe. Wenn sie aber meinen Schutz verlangen, so kan ich ihnen nicht bergen, daß ihr Glück von ihrer eigenen Aufführung abhangt. Wenn sie so fortfahren, so wird der Schutz aller Feen der ganzen Welt an ihnen verlohren seyn. Hat man jemals einen Liebhaber gesehen, wie sie sind? Sie ziehen den ganzen Tag in der Welt herum, ihre Geliebte zu suchen, und bringen die ganze Nacht in den Armen einer andern zu; den folgenden Morgen geht ihre Liebe wieder an, und den Abend drauf ihre Untreue. Was wollen sie, daß aus einer solchen Aufführung endlich werden soll? Ihre Schäferin müßte ausserordentlich gedultig seyn, wenn sie sich diese neue Art zu lieben gefallen lassen wollte – Wahrhaftig! rief der Prinz, es steht ihnen recht wohl an, mir Vorwürfe von dieser Art zu machen! Ich mag nicht reden – Aber glauben sie mir, ihr moralisiren fangt mir an beschwerlich zu werden, so eine grosse Meisterin sie immer darinn seyn mögen. Sagen sie mir lieber, wie ich meine geliebte Galactine aus den Händen des verfluchten Riesen befreyen kan, der sie gestern davon führte. –

Bekümmern sie sich nicht um den Riesen, sagte die Fee; ein Nebenbuler, der sich die Zähne mit einem Zaunpfahl ausstochert, ist nicht halb so fürchterlich, als sie sich einbilden, und ich kenne einen gewissen Gnomen, der ihnen, so klein er ist, mehr Eintrag thun könnte als Caraculiamborix, wenn er gleich noch etliche hundert Ellen länger wäre als er ist. Kurz, sorgen sie für nichts, als wie sie ihre Schäferin wieder besänftigen wollen, das übrige wird sich von selbst geben; und sollten sie ja in Umstände kommen, wo sie meiner Hülfe benöthiget wären, so zerbrechen sie nur dieses Straussen-Ey, das ich ihnen gebe; es wird ihnen, auf mein Wort, keine geringere Dienste thun als die Erbsen-Schotte der Fee Cristalline.

Kaum hatte Mirabella das letzte Wort ausgesprochen, so verschwand sie, das Cabinet und der Pallast, und Biribinker befand sich, ohne zu wissen, wie es zugieng, an dem nehmlichen Orte, wo ihn der Riese Caraculiamborix bey seiner Schäferin überfallen hatte. Man kan nicht erstaunter seyn, als er es über die seltsame Dinge war, die ihm seit seiner Flucht aus dem grossen Bienenkorbe begegnet waren. Er rieb sich die Augen, kneipte sich in die Arme, zog sich bey der Nase, und hätte gerne gefragt, ob er oder ein anderer der Prinz Biribinker sey, wenn er jemand hätte fragen können. Je mehr er nachdachte, desto wahrscheinlicher kam es ihm vor, daß alles nur ein Traum gewesen sey; und er fieng schon an, sich in dieser Meynung zu bestärken, als er eine Jägerin aus dem Gebüsch hervor kommen sahe, die an Gestalt und Anstand nichts geringers als Diana selbst zu seyn schien. Ihr grünes Gewand, mit goldnen Bienen durchwürkt, war bis an die Knie aufgeschürzt, und unter ihrem Busen mit einem Gürtel von Diamanten gebunden; ein Theil ihrer schönen Haare war mit einer Perlenschnur in einen Knoten geknüpft, der Rest flatterte in kleinen Locken um ihre weisse Schultern. In der Hand trug sie einen Jagdspieß, und ein goldner Köcher klang auf ihrem Rücken. Dißmal, dachte Biribinker, weiß ich es doch gewiß, daß ich nicht träume, und indem er das dachte, kam ihm die Jägerin so nahe, daß er seine geliebte Galactine in ihr erkannte. Noch niemals war sie ihm so bezaubernd vorgekommen, als in diesem Aufzug, der ihr das Ansehen einer Göttin gab. Er vergaß auf einmal der Cristallinen und Mirabellen, die ihn vor kurzem so sehr bezaubert hatten, und indem er sich zu ihren Füssen warf, bezeugte er sein Vergnügen, sie wieder gefunden zu haben, in so lebhaften Ausdrücken, daß es der getreueste unter allen Liebhabern nicht besser hätte machen können. Allein die schöne Galactine wußte mehr von seinen Begebenheiten, als er sich einbildete. Wie? sagte sie, indem sie ihr anmuthiges Gesicht mit einem Unwillen, der ihm nur neue Reitzungen gab, von ihm wegwandte; unterstehst du dich noch, vor meine Augen zu kommen, nachdem du dich durch wiederhohlte Beleidigungen der Gnade verlustig gemacht, die ich dir schon einmal wiederfahren ließ? Göttliche Galactine, antwortete ihr Biribinker, zürnen sie nicht mit mir, wenden sie ihre Augen nicht so von mir ab, wenn sie nicht wollen, daß ich auf der Stelle zu ihren Füssen sterben soll. Weg mit diesem Unsinn, sagte die schöne Jägerin, den du gewohnt bist an eine jede zu verschwenden, die dir in den Weg kommt; du hast mich nie geliebt, wankelmüthiger; wer alle liebt, liebt keine.

Niemals, rief Biribinker, mit thränenden Augen, niemals hab ich eine andere geliebt als sie; und das ist so wahr, daß ich darauf schwören wollte, daß alles nur ein Traum war, was mir in einem gewissen Schlosse begegnet ist. Wenigstens versichere ich Ihnen, daß die Zerstreuungen, die sie mir so übel auslegen, ein blosses Spiel der Sinnen waren, woran mein Herz nicht den geringsten Antheil hatte. Eine feine Distinction, erwiederte die Jägerin; Zerstreuungen nennen sie das? ich sage ihnen, daß ich keinen Liebhaber verlange, der solchen Zerstreuungen unterworfen ist. Ich habe die Philosophie des Averroes nie studirt, und ich bin eine so materielle

Creatur, daß ich nicht begreiffen kan, wie das Herz meines Liebhabers unschuldig seyn kan, wenn mir seine Sinnen untreu sind –

Vergeben sie mir nur noch dieses einzige mal, sagte Biribinker schluchzend – Ich, ihnen vergeben? unterbrach ihn die schöne Galactine; und warum sollte ich ihnen vergeben? Sehen sie mich einmal an; ist man vielleicht mit einem Gesicht, wie das meinige, zum Vergeben genöthigt? Oder meynen sie, daß ich, um Liebhaber zu haben, wenn ich ihrer haben will, so gedultig seyn müsse, als sie mich gerne finden möchten? Glauben sie mir, es liegt nur an mir, unter zwanzig andern, zu wählen, die den Werth eines Herzens, das sie so muthwillig von sich werfen, besser zu schätzen wissen.

Diese Worte, ob sie gleich mit einem Blick begleitet waren, der ihre Strenge zum wenigsten um die Hälfte milderte, brachten den armen Biribinker vollends zur Verzweiflung. Was hör ich, rief er, Grausame? So wollen sie dann meinen Tod? Können meine Thränen sie nicht erweichen? Nein, bey allen Göttern! ehe ich zugeben werde, daß ein anderer als Biribinker – O! verhaßtestes unter allen Ungeheuern, rief die ergrimmte Galactine, lässest du mich noch einmal diesen abscheulichen Namen hören, der mir schon zweymal die Seele durchbort hat? Flieh auf ewig aus meinen Augen, oder erwarte das ärgste von dem immerwährenden Haß, den ich dir und deinem unseligen Namen geschworen habe.

Biribinker zitterte an allen Nerven, wie er seine Schöne auf einmal in eine so heftige Wuth ausbrechen sah; er verfluchte im Übermaß seines Schmerzens den Namen Biribinker, und denjenigen, der ihm denselben gegeben hatte; und er würde vielleicht (denn für gewiß will ich es eben nicht sagen,) mit dem Kopf wider die nächste Eiche angeloffen seyn, wenn er nicht in eben dem Augenblicke sechs wilde Männer erblickt hätte, die in vollem Lauf aus dem Wald hervor stürmten, und vor seinen Augen sich der schönen Jägerin bemächtigten. Diese Wilden hatten eine mehr als menschliche Statur, um das Haupt und die Lenden waren sie mit Eichen-Zweigen bekränzt, auf der linken Schulter trugen sie eine stählerne Keule, und Biribinker fand sie in diesem Aufzug so fürchterlich, daß er, seiner angebohrnen Tapferkeit ungeachtet, allen Muth verlohr, seine Geliebte aus ihren Händen zu retten. In dieser dringenden Noth erinnerte er sich an das Straussen-Ey, das ihm die Fee Mirabella gegeben hatte; er zerbrach es mit bebender Hand, und erstaunte, wie man denken kan, so sehr als jemals, da er eine unendliche Menge von kleinen Nymphen, Tritonen und Delphinen heraus wimmeln sah, die sich augenblicklich in Lebens-Grösse ausdehnten, und die einen aus ihren Wasser-Krügen, die andern aus ihren Naslöchern eine so ungeheure Menge Wassers ausgossen, daß in weniger als einer Minute ein See um ihn her entstund, der den ganzen Horizont erfüllte. Er selbst befand sich auf dem Rücken eines Delphins, der so sanft mit ihm davon schwam, daß er keine Bewegung spürte, und die Nymphen und Tritonen, die um ihn her plätscherten, bemühten sich, ihm durch Musik und muthwillige Spiele eine Lust zu machen. Aber Biribinker sahe nur nach dem Orte, wo er seine geliebte Galactine den Wilden hatte überlassen müssen, und da er, so weit sein schärfster Blick reichte, um und um nichts als Wasser sahe, betrübte er sich so herzlich, daß er sich etliche mal in die See stürtzen wollte. Er würde es auch gewiß gethan haben, wenn er nicht besorgt hätte, einer von den Nymphen, die um seinen Delphin schwammen, in die Arme zu fallen; welches ihn, (wie er sehr weißlich davor hielt,) leicht in eine

Versuchung hätte setzen können, worinn die ewige Treue, die er seiner Schönen nunmehr angelobt hatte, in Gefahr gekommen wäre. Er trieb dißmal die Vorsichtigkeit so weit, daß er sich ein seidenes Schnupftuch um die Augen band, aus Furcht, von den Schönheiten zu sehr gerührt zu werden, die durch tausend verführerische Bewegungen seinen Augen nachstellten.

Auf diese Weise war er ohne den geringsten widrigen Zufall schon ein paar Stunden fort geschwommen, als er es endlich wagte, das Schnupftuch ein wenig weg zuschieben, um zu sehen, wo er wäre. Er fand zu seiner grossen Beruhigung, daß die Nymphen verschwunden waren; hingegen gewahrete er in der Ferne etwas, das wie der Rücken eines grossen Gebürges über die Wellen hervor ragte; er merkte auch, daß die See ausserordentlich ungestümm wurde, und bald darauf erhub sich ein so entsetzlicher Sturmwind mit so gewaltigen Regengüssen, daß es nicht anders war, als ob ein ganzer Ocean aus der Luft herab stürzte.

Der Urheber dieses Unwesens war ein Wallfisch, aber ein Wallfisch, dergleichen man nicht alle Tag sieht; denn diejenigen, die man an den Grönländischen Küsten zu fangen pflegt, waren in Vergleichung mit ihm nicht viel grösser als die winzigen Thierchen, die man durch Vergrösserungs-Gläser bey vielen tausenden in einem Tropfen Wassers herum schwimmen sieht. So oft er schnaubte, welches gemeiniglich alle vier Stunden geschah, so entstund ein Sturmwind, und die Wasserströme, die er aus seinen Naslöchern ausspritzte, verursachten Platzregen und Wolkenbrüche auf fünfzig Meilen in die Runde. Die Bewegung des Meers war so heftig, daß B i r i b i n k e r sich nicht länger auf seinem Delphin erhalten konnte, sondern sich den Wellen überlassen mußte, die ihn wie einen Ball herum schleuderten, bis er zuletzt von der Luft, die der Wallfisch einathmete, wie von einem Wirbelwind ergriffen, und durch eines von den Naslöchern des Ungeheuers hinab gezogen wurde. Er fiel ein paar Stunden lang in einem fort, ohne daß er in der Betäubung wußte, wie ihm geschah; endlich aber merkte er, daß er in ein grosses Gewässer fiel, womit eine Höle im Bauch des Wallfisches angefüllt war. Es war ein kleiner See, der etwan fünf bis sechs deutsche Meilen im Umkreiß hatte; und vermuthlich würde Biribinker das Ende aller seiner Abentheuer darinn gefunden haben, wenn er nicht zu gutem Glück, sich so nah am Ufer einer Insel oder Halbinsel gesehen hätte, daß er kaum zwey hundert Schritte zu schwimmen hatte, um auf dem Trocknen zu seyn.

Die Noth, die Erfinderin aller Künste, lehrte ihn dißmal schwimmen, ob es gleich das erstemal in seinem Leben war. Er kam glücklich ans Ufer, und nachdem er sich auf einem Felsen, der zwar wie andere Felsen von Stein, aber so weich wie ein Polster war, zurecht gesetzt hatte, erquickte er sich, indeß daß seine Kleider an der Sonne trockneten, an den lieblichen Geruchen, die ihm ein kühler Landwind aus einem Wald von Zimmet-Stauden, der das Ufer bekränzte, entgegen wehte. Weil er aber begierig war, das Land in Augenschein zu nehmen, und sich zu erkundigen, ob und von wem es bewohnt sey, so stieg er, so bald er sich in etwas erhohlt hatte, von seinem Felsen herab, und strich eine halbe Stunde lang im Wald herum, bis er endlich in einen grossen Lustgarten kam, worinn alle mögliche Bäume, Stauden, Gewächse, Blumen und Kräuter des ganzen Erdbodens in der anmuthigsten Unordnung durch einander geworfen waren. Die Kunst war in der Anlegung desselben so versteckt, daß alles ein blosses Spiel der Natur zu seyn schien. Hier und da sahe er Nymphen von blendender Schönheit unter Gebüschen oder in Grotten liegen, und kleine Bäche aus ihren Urnen giessen, die den Garten durchschlängelten, an vielen Orten in allerley Figuren in die Höhe spielten, an andern Wasserfälle machten, oder in marmorne Becken sich sammelten. Diese Brunnen wimmelten von allen Arten von Fischen, welche, wider die Gewohnheit der Geschöpfe von ihrer Gattung, so lieblich sangen, daß Biribinker ganz davon bezaubert wurde. Insonderheit bewunderte er einen gewissen Karpfen, der die schönste Discant-Stimme von der Welt hatte, und einen Triller schlug, der dem besten Castraten Ehre gemacht hätte. Der Prinz hörte ihm eine geraume Weile mit gröstem Vergnügen zu; da ihn aber alle diese Wunderdinge nur desto begieriger machten, zu erfahren, wem diese bezauberte Insel gehöre, und ob er sich würklich, wie er glaubte, in der unterirrdischen Welt befinde, so that er deßwegen verschiedene Fragen an die besagten Fische; denn er dachte, weil sie so schön sängen, so würden sie vermuthlich auch reden können. Allein die Fische sangen immer fort, ohne ihm zu antworten, oder nur Acht darauf zu geben, was er sagte.

Er gab es also endlich auf, und gieng immer weiter fort, bis er in einen grossen Krautgarten kam, der mit allen Arten von Salat, Wurzel-Werk, Schotten- und Ranken-Gewächsen besetzt war, die dem Ansehen nach, ohne Pflege, wiewohl so schön als nur möglich ist, in regellosem Überfluß hervor wuchsen. Indem er sich nun so gut er konnte, einen Weg durch diese Wildniß machte, stieß er von ungefehr mit dem rechten Fuß an einen grossen Kürbis, der so ziemlich dem Wanst eines schinesischen Mandarins gleich sahe, und den er unter seinen breiten Blättern nicht gleich wahrgenommen hatte.

Herr, Biribinker, rief ihm der Kürbis zu, ein andermal

seyn sie so gut, und schauen ein wenig unter ihre Füsse, eh sie einem ehrlichen Kürbis auf den Nabel treten. Ich bitte sehr um Vergebung, Herr Kürbis, sagte Biribinker; es geschah in der That nicht aus Vorsatz, und ich würde mich gewiß besser vorgesehen haben, wenn ich hätte vermuthen können, daß die Kürbisse in dieser Insel so wichtige Personen sind, als ich nun sehe. Indeß bin ich doch erfreut, daß mir dieser kleine Zufall das Vergnügen verschaft hat, mit ihnen Bekanntschaft zu machen; denn ich hoffe, sie werden mir die Gefälligkeit nicht versagen, mich zu belehren, wo ich bin, und was ich aus allem machen soll, was ich hier sehe und höre?

Prinz Biribinker, antwortete der Kürbis, ihre Gegenwart ist mir allzu angenehm, als daß ich mir nicht das gröste Vergnügen daraus machen sollte, ihnen alle die kleinen Dienste zu leisten, die von mir abhangen. Sie befinden sich im Bauch eines Wallfisches, und diese Insel – Im Bauch eines Wallfisches, rief Biribinker, indem er ihn unterbrach – das übertrift noch alles, was mir bisher begegnet ist. Nun schwöre ich ihnen, Herr Kürbis, daß ich mich in meinem Leben über nichts mehr verwundern will. Wahrhaftig! wenn es im Bauch eines Wallfisches Luft und Wasser, Inseln und Lustgärten, ja wie ich merke, Sonne, Mond und Sterne gibt, wenn die Felsen darinn so weich wie Polster sind, die Fische singen, und die Kürbisse reden – Was diesen Punct betrifft, unterbrach ihn der Kürbis gleichfalls, so belieben sie sich sagen zu lassen, daß ich hierinn einen Vorzug vor allen andern Kürbissen, Gurken und Melonen in diesem Garten habe; sie hätten hundert andere mit Füssen tretten können, ohne nur einen Ton von ihnen heraus zu bringen –

Ich bitte sie nochmals um Vergebung, erwiederte der Prinz – das haben sie gar nicht nöthig, sagte der Kürbis; ich versichere ihnen, es wäre mir leyd, wenn es mir nicht begegnet wäre; ich warte hier schon so lange auf ihre Ankunft, und die Zeit wurde mir endlich so lange, daß ich schon zu verzweiffeln anfieng, diese glückliche Begebenheit jemals zu erleben. Glauben sie mir für einen, der nicht dazu gebohren ist, ist es eine verdrießliche Sache, hundert Jahre lang ein Kürbis zu seyn, zumal wenn man die Conversation liebt und gute Gesellschaft gewohnt ist. Aber die Zeit ist nun gekommen, da sie mich an dem verfluchten Padmanaba rächen werden. Was sagen sie mir von Padmanaba? rief Biribinker; Meynen sie den Zauberer, der die schöne Cristalline in einen Nacht-Topf verwandelte, und die noch schönere Mirabella verurtheilte, ein Crocodill zu werden, so oft sie ihre Tugend auf die Probe setzen wollte? Diese Frage, erwiederte der Kürbis, versichert mich, daß ich mich nicht betrogen habe, da ich sie für den Prinzen Biribinker hielt; ich sehe daraus, daß die Helfte der Bezauberungen des alten Gecken schon vernichtet sind, und daß der Augenblick meiner Befreyung da ist – Haben sie sich also auch über ihn zu beklagen, fragte Biribinker?

Nehmen sie mir nicht übel, antwortete der Kürbis, wenn mich diese Frage zu lachen macht, (und in der That lachte er so laut, daß er wegen seines kurzen Athems, der eine Folge seines gewaltigen Schmeerbauchs war, eine gute Weile keuchen und husten mußte, bis er wieder reden konnte.) Merken sie dann nicht, fuhr er fort, daß ich etwas bessers seyn muß, als ich aussehe? Hat ihnen die schöne Mirabella nicht von einem gewissen Salamander gesagt, der das Glück hatte in gewissen Umständen von dem alten Padmanaba überrascht zu werden – Ja wohl, sagte Biribinker, sie sprach mir von einem gewissen geistigen Liebhaber, der ihre Seele mit den Geheimnissen der Philosophie des Averroes unterhielt, damit sie die kleinen Experimente nicht beobachten möchte, die er indessen – Sachte, sachte, rief der Kürbis, ich sehe, daß sie mehr von mir wissen, als sie allenfalls nöthig gehabt hätten; ich bin dieser Salamander, dieser Flox, der, wie ich sagte, und wie sie schon wußten, so glücklich war, die schöne Mirabella wegen der frostigen Nächte zu entschädigen, die sie mit dem alten Zauberer zuzubringen genöthiget war. Die vorerwähnte Scene, wobey er die Thorheit hatte, einen ungebetenen Zuschauer abzugeben, setzte ihn in eine Art von Verzweiflung, ohne ihn von der Liebes-Krankheit zu heilen, womit er lächerlicher Weise behaftet war. Sein Pallast, ja ein jeder anderer Aufenthalt, den er, in welchem Element er gewollt hätte, wählen konnte, wurde ihm verhaßt; er traute weder Sterblichen noch Unsterblichen; Gnomen und Sylphen, Tritonen und Salamander waren ihm alle gleich verdächtig; und er hielt sich nirgends sicher als in einer gänzlichen und unzugangbaren Einsamkeit. Nach vielen andern Projecten, die er eben so bald verwarf als machte, fiel ihm endlich ein, sich in den Bauch des Wallfisches zurück zu ziehen, wo ihn, dacht er, gewiß niemand suchen würde. Er ließ sich durch eine Anzahl Salamander einen Pallast darinn erbauen, und damit sie ihn nicht verrathen könnten, so verwandelte er sie, nebst mir, in eben so viele Kürbisse, mit der Bedingung es so lange zu bleiben, bis der Prinz Biribinker uns unsere erste Gestalt wieder geben würde. Ich war der einzige von allen, dem er den Gebrauch der Vernunft und der Sprache ließ, wovon die erste, wie er glaubte, mir zu nichts nützen konnte, als mich durch die Erinnerungen meiner verlohrenen Glückseligkeit zu peinigen, und die andere zu nichts als manchem eiteln Ach! und O! oder Gesprächen, worinn ich die Mühe nehmen müßte, mir die Antworten selbst zu geben. Allein in diesem Stück betrog sich der weise Mann ein wenig, denn so ungünstig auch immer die Figur und Organisation eines Kürbis zu Beobachtungen seyn mag, so geschickt ist sie hingegen zu Betrachtungen *à priori*; und mit alle dem entdeckt man doch in hundert Jahren nach und nach eines oder anders, was entweder unsere schon gefaßte Hypothesen bestättiget, oder uns auf die Spur einer neuen bringt. Kurz, ich bin der kleinen Angelegenheiten des Herrn Padmanaba so unkundig nicht als er vielleicht denkt, und ich hoffe ihnen Anleitungen zu geben, wodurch sie in den Stand gesetzt werden sollen, alle seine Vorsichtigkeit zu vereiteln.

Ich würde ihnen sehr dafür verbunden seyn, erwiederte der Prinz; ich weiß nicht was für einen sonderbaren Beruf ich in mir spüre, dem guten Padmanaba Streiche zu spielen; vermuthlich ist es der Einfluß meines Gestirns, der mich dazu dahin reißt; denn ich wüßte nicht, daß er mich jemals in seinem Leben persönlich beleidiget haben sollte. Ist es nicht Beleidigung genug, sagte der Kürbis, daß er Ursache ist, daß ihnen der grosse Caramussal, der auf der Spitze des Berges Atlas wohnt, den Namen Biribinker gegeben hat? einen Namen, der ihnen bey ihrem geliebten Milchmädchen schon dreymal so fatal gewesen ist? – So ist also der alte Padmanaba schuld daran, daß ich Biribinker heisse? fragte der Prinz voller Verwunderung; erklären sie mir doch ein wenig, wie diese Dinge zusammen hangen; denn ich gestehe ihnen, daß ich mir den Kopf schon oft vergeblich zerbrochen habe, um hinter das Geheimniß meines Namens zu kommen, welchem ich, wie es scheint, alle meine seltsame Begebenheiten zu danken habe. Insonderheit möchte ich doch wissen, wie es zugeht, daß jedermann, wo ich hinkomme, bis auf die Kürbisse, mich gleich bey meinem Namen nennt, und von allen Umständen meiner Geschichte so gut benachrichtiget ist, als ob sie mir an der Stirne geschrieben stünden.

Es ist mir noch nicht erlaubt, antwortete der Kürbis, ihre Neugier über diesen Punct zu befriedigen; genug, daß es nur von ihnen abhängt, sich vielleicht nach dieser Abrede ins Klare zu setzen. Die gröste Schwierigkeit ist nun einmal überstanden; Padmanaba dachte wohl nicht, daß sie ihn im Bauch seines Wallfisches finden würden. Ich bekenne ihnen aufrichtig, unterbrach ihn Biribinker, daß ich noch weniger daran dachte, und sie werden gestehen müssen, daß er wenigstens alles gethan hat, was möglich war, um seinem Schicksal zu entgehen. Aber sie erwähnten eines Pallasts, den sich ihr Alter von Salamandern in dieser Insel habe bauen lassen; ich denke wir sind hier in den Gärten, die dazu gehören, warum sehe ich denn nirgends keinen Pallast? Die Ursache ist ganz natürlich, antwortete der Kürbis; sie würden ihn unfehlbar sehen, wenn er nicht unsichtbar wäre. Unsichtbar, rief Biribinker; so wird er doch nicht unfühlbar seyn, hoffe ich? das nicht, antwortete Flox, aber da er aus gediegenen Flammen erbaut ist –

Sie sagen mir von einem seltsamen Pallast, unterbrach ihn Biribinker abermal; aber wenn er aus Flammen erbaut ist, wie kan er denn unsichtbar seyn? darinn besteht eben das wunderbare von der Sache antwortete der Kürbis; es mag nun möglich oder unmöglich seyn, so ist es nicht anders; sie können den Pallast nicht sehen, wenigstens nicht in dem Stande, worinn sie jetzt sind; aber gehen sie nun ungefehr zwey hundert Schritte gerade fort, so wird die Hitze, die sie empfinden werden, sie bald genug überzeugen, daß ich ihnen die Wahrheit sage.

Die ausserordentliche Dinge, welche Biribinker bereits im Bauche des Wallfisches gesehen hatte, (und was kan man auch im Bauch eines Wallfisches anders erwarten als ausserordentliche Dinge?) hätten ihn billig geneigt machen sollen, alles glaubwürdig zu finden, was man ihm sagte; dem ungeachtet war er dißmal so eigensinnig, daß er nur sich selbst glauben wollte. Er gieng also auf den unsichtbaren Pallast zu; aber kaum war er hundert Schritte fortgegangen, so spürte er bereits einen merklichen Grad von Hitze, die ihm mit einem gewissen unsichtbaren Glanz, der ihm die Augen übergehen machte, entgegen kam. Die Wärme und der Glanz nahmen immer zu, je weiter er fortgieng, bis beyde in kurzem so durchdringend wurden, daß es nicht länger auszustehen war. Er gieng also wieder zurück, und suchte seinen Freund, den Kürbis, der ihm, so bald er ihn wieder kommen hörte, entgegen rief: Nun, Prinz Biribinker, werden sie mir künftig glauben, wenn ich ihnen etwas sage? Wenigstens begreiffen sie doch, hoffe ich, daß nichts natürlichers seyn kan, als daß ein Pallast von gediegenen Flammen vor Hitze unzugangbar, und vor lauter Glanz und Schimmer unsichtbar ist.

Ich begreiffe das in der That viel besser, antwortete Biribinker, als wie ich hinein kommen werde; denn das sag ich ihnen, ich spüre eine unwiderstehliche Begierde in mir, in diesen Pallast hinein zu gehen, und wenn es mir auch das Leben kosten sollte, so kan ich – So viel soll es sie nicht kosten, fiel ihm der Kürbis in die Rede. Wenn sie sich gefallen lassen wollen, zu thun was ich ihnen sage, so wird ihnen der Pallast sichtbar werden, und sie werden eben so sicher hinein gehen können, als ob es eine Strohhütte wäre. Sie brauchen nur ein ganz leichtes Mittel dazu, und das ihnen nicht mehr kosten wird als einen einzigen kleinen Sprung – Halten sie mich nicht lange mit Räthseln auf, Herr Kürbis, sagte Biribinker; was ist zu thun? es mag nun etwas leichtes oder schweres seyn, so sehen sie mich bereit alles zu wagen, um in ein Schloß zu kommen, das von lauter Glanz unsichtbar ist.

Ungefehr sechzig Schritte hinter jenen Granatbäumen, versetzte der Kürbis, werden sie in einem kleinen Labyrinth von Jasmin und Rosenhecken einen Brunnen finden, der sich von einem andern Brunnen durch nichts unterscheidet, als daß er statt des Wassers mit Feuer angefüllt ist. Gehen sie, Prinz, baden sie sich in diesem Brunnen, und in einer Viertelstunde ungefehr kommen sie wieder, und sagen mir, wie ihnen das Bad zugeschlagen hat.

Sonst nichts als das? sagte Biribinker, mit einer Mine, die mehr verdrießlich als hönisch war; ich glaube, sie sind nicht klug, Herr Kürbis – ich soll mich in einem feurigen Brunnen baden, und hernach wieder kommen, und ihnen sagen, wie mir das Bad bekommen hat? Hat man auch jemals so was tolles gehört! – Ereyfern sie sich nur nicht so, versetzte der Kürbis, es steht ja bey ihnen, ob sie in den unsichtbaren Pallast kommen wollen oder nicht, und wenn sie sich nicht so entschlossen erklärt hätten, wie sie gethan haben, so wäre mirs in der That nie eingefallen, ihnen einen solchen Antrag zu machen.

Kürbis, mein guter Freund, erwiederte Biribinker, ich merke, daß ihr euch ein wenig lustig mit mir machen wollt, aber ich muß euch sagen, daß ich jetzt nicht im Humor bin, Spaß zu verstehen. Ich verlange nicht als eine abgeschiedene Seele in den Pallast zu kommen – Das sollen sie auch nicht, sagte der Kürbis! das feurige Bad, das ich ihnen vorschlage, ist nicht so gefährlich als sie sichs einbilden, und Padmanaba selbst bedient sich desselben alle drey Tage; sonst würde er eben so wenig in einem Pallast von gediegenem Feuer wohnen können, als sie. Denn ob er gleich, ausser dem grossen Caramussal, der auf der Spitze des Berges Atlas wohnt, der der gröste Zauberer in der ganzen Welt ist, so ist er doch von eben so irrdischer Natur und Abkunft als sie. Ja er würde, ohne den Gebrauch dieses Brunnens, der eines der grösten Geheimnisse seiner Kunst ist, nicht einmal der kleinen Glückseligkeit fähig seyn, die er jetzt bey der schönen Salamandrin, die er in seinem Pallast eingeschlossen hält, genießt, oder doch zu geniessen glaubt; wenn anders der Gebrauch, den ein Titon von seiner Aurora zu machen fähig ist, ein Genuß genennt zu werden verdient. Er hat also eine schöne Salamandrin bey sich? fragte Biribinker. Warum nicht, antwortete der Kürbis; meynen sie, daß man sich umsonst in den Bauch eines Wallfisches verschließt?

Ist sie sehr schön, fuhr Biribinker fort? – Sie müssen wohl nie keine Salamandrin gesehen haben, erwiederte der Kürbis, weil sie das fragen können. Wissen sie denn nicht, daß die schönste Sterbliche gegen die geringste von unsern Schönen nicht besser als wie ein Affenweibchen aussehen würde? Es ist wahr, ich kenne eine Ondine, die vielleicht der schönsten Salamandrin den Vorzug streitig machen könnte; allein es ist unter allen Ondinen nur eine Mirabella – O! was das anbetrift, unterbrach ihn Biribinker, wenn die Salamandrin des alten Padmanaba nicht schöner als Mirabella ist, so hätten sie nicht nöthig gehabt die sterblichen Schönen so weit unter sie herunter zu setzen. Ich gestehe, daß sie reitzend ist, aber ich kenne ein gewisses Milchmädchen – in welches sie so verliebt sind, fiel ihm der Kürbis hönisch in die Rede, daß sie der schönen Mirabella beym ersten Anblick schwuren, sie nie gesehen zu haben. Die Würkung zeugt am besten von der Ursache, und wenn man ihre Leidenschaft nach diesem Grundsatz beurtheilen wollte –

O wahrhaftig! rief Biribinker ungedultig, ich bin, glaube ich, nur hieher gekommen, um einen Kürbis philosophiren zu hören. Sagen sie mir lieber, wie ich in den unsichtbaren Pallast kommen kan, denn ich sterbe vor Ungedult, wenn es nicht geschieht; ist denn kein anders Mittel, als das verwünschte feurige Bad, worinn sie mich gerne zu einer Carbonnade gemacht sehen möchten? Sie sind wunderlich, mit Erlaubniß, antwortete der Kürbis; Ich sagte ihnen ja schon, daß mir selbst alles daran gelegen ist, daß sie in den unsichtbaren Pallast kommen, wo, allen Umständen nach eines der ausserordentlichsten Abentheuern auf sie wartet. Meynen sie denn, daß ich für meinen Spaß ein Kürbis bin, und daß ich mich nicht je bälder je lieber von diesem verfluchten unbequemen Wanst befreyt sehen werde, der sich so übel für einen so speculativen Geist schickt als ich bin? Ich sage ihnen noch einmal, sie haben kein anders Mittel in den Pallast zu kommen, ohne von der Glut desselben verzehrt zu werden, als das feurige Bad, welches ich ihnen vorschlug. Ehe sie vor Ungedult sterben, wie sie sagen, könnten sie es ja ein paar Minuten versuchen; kommen sie auch darinn um, wofür ich ihnen doch gut stehe, so ist es nur eine Todesart für die andere, und das kommt zuletzt auf Eines hinaus. Gut, sagte Biribinker, wir wollen sehen was zu thun seyn wird! Vielleicht sollte ich nicht so viel Zutrauen in sie setzen als ich thue; allein der Zug meines Schicksals ist stärker als meine Vernunft; ich will gehen, und wenn sie binnen einer Viertelstunde nichts von mir hören, so ergeben sie sich nur gedultig darein, ein Kürbis zu bleiben, bis Padmanaba von sich selbst entweder verliebt oder eyfersüchtig zu seyn aufhört.

Mit diesen Worten machte er dem Kürbis sein Compliment, und gieng dem Labyrinth zu, wo der feurige Brunnen seyn sollte. Er fand ein grosses rundes Becken, mit breiten Steinen von Diamant ausgemauert, und mit einem Feuer angefüllt, welches, ohne von irgend einer sichtbaren Materie genährt zu werden, in schlängelnden Blitzen empor loderte, und unschädlich die dichten Büsche von Rosen leckte, die rings umher über den Brunnen sich wölbten. Unzählliche Farben spielten mit der anmuthigsten Abwechslung in diesen wundervollen Flammen, und statt des Rauchs ergoß sich ein lauer unsichtbarer Dampf von den lieblichsten Geruchen umher. Biribinker betrachtete dieses Wunder eine geraume Zeit mit einer Unschlüßigkeit, die einem Feen-Helden wenig Ehre macht, und er würde vielleicht noch immer am Rande des Brunnens stehen, wenn ihn nicht, da er sichs am wenigsten versah, eine unsichtbare Gewalt mitten in die Flammen geworfen hätte. Er erschrack so sehr, daß er vor Angst nicht schreyen konnte; aber da er spürte, daß ihm dieses Feuer kein Haar versengte, und an statt ihm nur den geringsten Schmerz zu verursachen, sein ganzes Wesen mit einer wollüstigen Wärme durchdrang, so faßte er sich bald wieder, und in kurzem gefiel es ihm so wohl darinn, daß er in den feurigen Wellen herum plätscherte, wie ein Fisch in frischem Wasser. Vielleicht würde er weit länger als die vorgeschriebene Zeit in einem so angenehmen Bade zugebracht haben, wenn ihn nicht die immer zunehmende Hitze zuletzt heraus getrieben hätte. Er sprang also wieder heraus, aber wie sehr erstaunte er, da er sich nicht nur so leicht und unkörperlich fühlte, daß er wie ein Zephyr über dem Boden hin schwebte, sondern auf einmal einen Pallast erblickte, dessen Glanz und Schönheit alles übertraf, was ein menschliches Auge jemals gesehen hat. Er stund eine gute Weile wie ausser sich selbst, und sein erster Gedanke, da er wieder denken konnte, war an die Schönheit, die ein so herrlicher Pallast in sich schliessen müsse; denn da Diamanten und Rubinen ihn nur Gassensteine gegen die Materialien däuchten, woraus dieses Schloß erbaut war, so zweiffelte er nicht, daß die schöne Salamandrin sich gegen die Schönen, die er bisher gekannt hatte, zum wenigsten eben so verhalten würde, wie dieser Pallast gegen die gewöhnlichen Feenschlösser, die man prächtig genug gebaut zu haben glaubt, wenn man die Mauren von Diamanten oder Smaragden aufführt, das Dach mit Rubinen deckt, den Fußboden mit Perlen einlegt, und was dergleichen mehr ist, welches doch alles in Vergleichung mit diesem feurigen Pallast nichts bessers als eine elende Hütte vorgestellt hätte. Unter diesen Gedanken näherte er sich demselben unvermerkt, und war schon durch den ersten Hof, dessen glänzende Pforte sich von selbst vor ihm aufthat, hinein gegangen, als ihm einfiel, daß ihm der Kürbis ausdrücklich gesagt hatte, er sollte nach dem Bad im feurigen Brunnen wieder zu ihm kommen. Vermuthlich, dachte er, hat er mir Nachrichten zu geben, ohne die es gefährlich seyn könnte, sich in ein solches Schloß zu wagen, und da ich mich bisher bey seinen Anweisungen so wohl befunden habe, so würde es weder klug noch dankbar seyn, wenn ich mir einbilden wollte, daß ich seiner nicht mehr nöthig habe. Man sehe doch, wie seltsam es kommen kan! Wer hätte jemals gedacht, daß ein Kürbis ein Rathgeber eines Prinzen seyn würde!

Biribinker schlich sich also nicht ohne Furcht entdeckt zu werden, zu seinem Kürbis zurück; Ha! rief ihm dieser auf zwanzig Schritte entgegen, ich sehe, daß ihnen das Bad unvergleichlich wohl zugeschlagen hat; sie sind ja zum bezaubern; ich schwöre ihnen bey der Tugend meiner geliebten Mirabella, daß keine Salamandrin ist, die ihnen, so wie sie jetzt aussehen, nur eine Minute widerstehen wird. Aber was wird aus ihrer Treue gegen das Milchmädchen werden? – Herr Kürbis, sagte Biribinker, lassen sie sich mit aller der Achtung, die ich ihnen übrigens schuldig bin, sagen, daß sie besser gethan hätten, mich in den Umständen, worein mich ihr Bad gesetzt hat, mit dergleichen unzeitigen Erinnerungen zu verschonen – Ich bitte um Verzeyhung, antwortete der Kürbis, ich wollte nur so viel sagen – Gut, gut, unterbrach ihn der Prinz, ich weiß wohl, was sie sagen wollten, und ich antworte ihnen darauf, daß ich ohne ihre Warnungen, die ein beleidigendes Mißtrauen in meine Standhaftigkeit setzen, durch die blosse Erinnerung an mein himmlisches Milchmädchen gegen die vereinigten Reitzungen aller ihrer feurigen Schönen so sicher zu seyn glaube, als ich es mitten unter den häßlichsten Gnomiden seyn könnte. Es wird sich zeigen, sagte der Kürbis, ob sie diese edle Gesinnungen zu behaupten wissen werden; ich habe eine so gute Meynung von ihnen, als man, nach allem was in einem gewissen Schloß vorgegangen ist, nur immer haben kan; aber bey alle dem, kan ich doch nicht läugnen, daß ich ihre Treue in keine kleine Gefahr gesetzt sehe, wenn sie in den Pallast hinein gehen. Es steht noch bey ihnen, ob sie es wagen wollen oder nicht; bedenken sie sich wohl, oder –

Mein lieber Herr Kürbis, unterbrach ihn Biribinker, ich sehe, daß sie eine eben so verzweifelte Wuth zum raisonniren haben, als die tugendhafte und preciöse Mirabella, ihre Geliebte. Warum haben sie denn verlangt, daß ich in dem feurigen Brunnen baden sollte, wenn ich nicht in den Pallast hinein gehen darf? Noch einmal, mein lieber Freund, sorgen sie nicht für meine Treue, und sagen sie mir lieber: wie ich mich zu verhalten habe, wenn ich in den Pallast komme? Sie haben hiezu wenig Unterricht nöthig, antwortete der Kürbis, denn sie werden nirgend keinen Widerstand finden; alle Thüren werden sich ihnen von selbst eröfnen, und wenn sie irgend etwas zu besorgen haben, so muß es nur (wie ich schon gesagt, und wie sie sich so ungern sagen lassen) von ihrem eigenen Herzen seyn. Aber was für eine Mine, dencken sie, daß mir der alte Padmanaba machen werde, fragte der Prinz? So viel ich an der Bewegung der Gestirne merke, erwiederte der Kürbis, so ist es bereits um Mitternacht, um welche Zeit der Alte in tiefem Schlaf zu liegen pflegt. Allein gesetzt auch, daß er aufwachen sollte, so haben sie von seinem Zorn nichts zu besorgen; alle seine Macht vermag nichts gegen die Zauber-Kraft ihres Namens, und nach den Vortheilen, die sie bisher über ihn erhalten haben, zu urtheilen, können sie allerdings hoffen, diesesmal nicht weniger glücklich zu seyn.

Es mag gehen wie es will, versetzte Biribinker, so bin ich entschlossen das Abentheuer mit dem unsichtbaren Schloß zu bestehen; denn es liesse sich doch sonst keine vernünftige Ursache angeben, warum ich in des Wallfisches Bauch gekommen seyn sollte. Gute Nacht, Herr Kürbis, bis wir uns wieder sehen.

Viel Glücks, tapferer und liebenswürdiger Biribinker, rief ihm der wortreiche Kürbis nach; fahre wohl, du Blume und Zierde aller Feen-Ritter, und möge das Abentheuer, dem du so muthig entgegen gehst, einen Ausgang gewinnen, dergleichen noch kein Märchen gehabt hat, seitdem es Feen und Ammen in der Welt gibt. Gehe, weiser Königs-Sohn, wohin dich dein Schicksal zieht; aber hüte dich die Warnungen eines Kürbis zu verachten, der dein guter Freund ist, und vielleicht tieffere Blicke in die Zukunft thut, als irgend ein Calender-Macher in der Christenheit.

Der Kürbis merkte nicht, indem er diese schöne Abschieds-Rede hielt, daß der Prinz schon durch den ersten Schloßhof gegangen war, ehe er noch zu reden aufgehört hatte. Biribinker war jetzt ganz und gar von dem Abentheuer eingenommen, das er vor sich hatte, und seine Einbildungs-Kraft, die in dem feurigen Bad einen ausserordentlichen Schwung erhalten hatte, stellte ihm die schöne Salamandrin, die er bald zu sehen hofte, mit so unwiderstehlichen Reitzungen vor, daß er sich des Wunsches nicht enthalten konnte, seinem Milchmädchen nur dieses einzige mal noch ungetreu seyn zu können. Unter diesen Gedanken kam er durch den zweyten Hof in ein Vorhaus, aus welchem ihm ein grosses Getümmel entgegen schallte. Er lauschte ein wenig, und vernahm, daß es eine Menge von krächzenden Weiber-Stimmen waren, die in einem heftigen Wortwechsel begriffen schienen. So neugierig als er von Kindheit auf gewesen war, konnte er sich nicht enthalten, zu sehen, wem diese anmuthigen Stimmen zugehörten. Er öfnete die Thür eines grossen und überaus prächtigen Saals, und entsetzte sich nicht wenig, da er ihn mit fünfzig oder sechzig der allerhäßlichsten kleinen Zwerginnen angefüllt sah, die nur immer die bürleske Einbildung eines Calot oder Hogarth zu ersinnen fähig wäre.

Der arme Biribinker glaubte beym ersten Anblick, daß er zu einem Hexen-Sabbath gekommen sey, und er würde unfehlbar vor Abscheu in Ohnmacht gefallen seyn, wenn er nicht zu gleicher Zeit vor Lachen über so poßierliche Figuren hätte bersten mögen. Diese schönen Nymphen, die in der That nichts geringers als junge Gnomiden waren, von denen die jüngste kaum achtzig Jahre haben mochte, wurden seiner kaum gewahr, so eilten sie alle auf ihn zu, so schnell als es ihre krummen Beine zuliessen. Sie kommen eben recht, Prinz Biribinker, rief ihm eine von den häßlichsten entgegen, einen Streit zu entscheiden, worüber wir einander bey nahe in die Haare gekommen wären. Sie zancken sich doch nicht, hoffe ich, welche unter ihnen die schönste sey? sagte Biribinker. Und warum nicht? erwiederte die Gnomide; sie haben es ersten Streichs errathen. Aber dencken sie nur, mein schöner Prinz, nachdem ich es würklich schon dahin gebracht habe, daß mir alle übrige den Vorzug eingestehen, so untersteht sich dieses Fratzen-Gesicht, diese kleine Pagode hier, mir den goldnen Apfel noch streitig zu machen. O! mein angenehmster junger Prinz, schrie die Angeklagte, indem sie ihn in die Waden kneipte, welches vermuthlich, ihrer Absicht nach, eine Liebkosung seyn sollte; ich darf es kühnlich auf ihr Urtheil ankommen lassen. Sehen sie uns beyde nur recht an, betrachten sie uns Stück vor Stück, und thun sie den Ausspruch nach ihrem Gewissen, wofern ich mir zu viel schmeichlen würde, wenn ich sagte nach ihrem Herzen. Begreiffen sie, Prinz Biribinker, sagte die erste, wie man die Unverschämtheit so weit treiben kan? Fürs erste, so ist sie kaum eines Daumens Breite kleiner als ich, und sie werden gestehen, daß das keinen Unterscheid macht; was ihren Buckel betrift, so hoffe ich, der meinige darf sich noch immer neben dem ihren sehen lassen, und meine Füsse sind, wie sie sehen, immer so breit und wohl um zwey gute Mannsdaumen länger als die ihrige. Ich weiß wohl, daß sie sich sehr viel auf den Umfang und die Schwärze ihres Busens zu gut thut, aber sie werden doch bekennen müssen, fuhr sie fort, indem sie ihr Halstuch abnahm, daß der meinige, wo nicht völlig so ansehnlich, doch ungleich schwärzer ist als der ihrige. Mag er doch! rief die andere, einen so kleinen Vorzug kan ich dir leicht eingestehen, da ich in allen andern Stükken den Vortheil über dich habe.

Sie lachen, mein liebster Prinz Biribinker, und es kan in der That nichts lächerlicher seyn, als die Eitelkeit dieser Meerkatze hier. Ich schäme mich, daß ich genöthiget seyn soll, mich selbst zu loben, aber sehen sie einmal, um wie viel meine Beine krümmer und stumpichter sind als die ihrigen? Ich will von allem übrigen nichts sagen; man müßte nur blind seyn, wenn man nicht beym ersten Anblick sehen sollte, daß meine Augen kleiner und matter sind als die ihrigen, daß meine Backen um die Helfte aufgedunsener sind, und meine Unter-Lippe viel weiter herunter hangt; auch nichts von der ungleich grössern Länge meiner Ohren zu gedencken, und daß ich wenigstens fünf oder sechs Warzen mehr im Gesicht habe als sie, und daß die Haare an den meinigen länger sind; wir wollen auf einen Augenblick das alles beyseite setzen, und nur von der Nase reden. Es ist wahr, die ihrige ist eine von den grösten, die man sehen mag, und man könnte in Versuchung gerathen, sie die Schönste zu nennen, wenn man die meinige nicht gesehen hat: Aber man braucht ja keinen Maaßstab, um zu finden, daß meine Nase wenigstens einer halben Spanne lang weiter über den Mund herab hängt als die ihrige. Die Schamhaftigkeit erlaubt mir nicht, setzte sie mit einem entsetzlich zärtlichen Blick hinzu, von andern Schönheiten zu reden, die nur einem glücklichen Liebhaber sichtbar werden dürfen; aber sie können versichert seyn, daß ich in diesem Stück nicht weniger Ursache habe, mich der Freygebigkeit der Natur zu berühmen, als in Absicht dessen, was ihnen in die Augen fällt, und ich hoffe – Mademoiselle, rief Biribinker, so bald er vor Lachen reden konnte; ich unterstehe mich eben nicht, mich für einen Kenner auszugeben; aber in der That, es kan ihrer Freundin nicht Ernst seyn, wenn sie sich, was die Schönheit betrift, mit ihnen in einen Wettstreit einlassen will; der Vorzug, den sie in diesem Stück haben, ist augenscheinlich, und es ist unmöglich, daß der gute Geschmack der Herren Gnomen ihnen hierüber nicht vollkommene Gerechtigkeit widerfahren lassen sollte.

Die erste Gnomide schien durch diese Entscheidung nicht wenig beleidiget zu seyn, allein Biribinker, der vor Ungedult brannte, die schöne Salamandrin zu sehen, bekümmerte sich wenig um alles, was sie zwischen ihren langen Zähnen murmelte, und zog sich wieder zurück, nachdem er der ganzen liebreitzenden Gesellschaft eine gute Nacht gewünscht hatte. Statt der Antwort schickten sie ihm ein lautes Gelächter nach, um dessen Bedeutung er sich wenig bekümmerte, da er jetzo den Pallast vor sich stehen sahe, dessen unbegreifliche Schönheit seine ganze Aufmerksamkeit auf sich zog. Nachdem er ihn eine geraume Weile voller Bewunderung betrachtet hatte, sahe er, daß die beyden Flügel der Pforte sich aufthaten. Er konnte dieses nicht anders als für ein Zeichen ansehen, daß seine Unternehmung mit dem glücklichsten Ausgang bekrönt werden würde. Er gieng also mit hofnungsvollem Muth hinein, und befand sich, nachdem er eine Treppe hinauf gestiegen war, in einem grossen Vorsaal, aus dem er in eine Reyhe von Zimmern kam, von deren Schimmer er, ungeachtet der Veränderung, die das Feuer-Bad in seiner Natur hervor gebracht hatte, fast verblendet wurde.

Allein so mannigfaltig und ausserordentlich alle die schönen Dinge waren, die von allen Seiten seinen Augen entgegen strahlten, so vergaß er doch alles andere über den Gemählden einer unvergleichlich schönen jungen Salamandrin, womit alle diese Zimmer behangen waren. Er zweifelte nicht, daß es die Geliebte des alten Padmanaba seyn werde, und diese Copien, worein sie in allen nur ersinnlichen Stellungen, Anzügen und Gesichtspuncten, bald wachend, bald schlafend, bald als Diana, bald als Venus, Hebe, Flora, oder eine andere Göttin vorgestellt war, gaben ihm eine solche Idee von dem Urbilde, daß er bey der blossen Erwartung seiner bevorstehenden Glückseligkeit vor Entzückung und Wonne hätte zerfliessen mögen. Ins besondere konnte er nicht satt werden, eine grosse Tafel anzuschauen, worinn sie in einem Bade von Flammen saß, von Liebesgöttern bedient, die durch das Anschauen ihrer überirrdischen Schönheit ausser sich selbst gesetzt schienen. Biribinker wußte nicht, ob er die Schönheit des Gegenstands, oder die Kunst der Mahlerey am meisten bewundern sollte, und mußte sich selbst gestehen, daß Titian und Guido gegen die Salamandrischen Mahler in Absicht der Colorit nur Sudler seyen. Der Eindruck, den dieses Gemählde auf ihn machte, war so lebhaft, daß er mit äusserster Ungedult diejenige zu sehen wünschte, die in einem leblosen Nachbilde schon so unwiderstehliche Begierden einflößte. Er durchsuchte also eine Menge von Zimmern, ohne daß er jemand fand, er durchsuchte den ganzen Pallast von oben bis unten, und wiederholte es zwey oder dreymal; aber da war keine Seele zu hören noch zu sehen. Endlich ward er einer halb geöfneten Thüre gewahr, die in den ausserordentlichsten Lustgarten führte, den er jemals gesehen hatte. Alle Bäume, Gewächse und Blumen, Alleen, Lauben und Springbrunnen in diesem Garten waren von lauterm Feuer, jedes brannte in seiner natürlichen Farbe, mit einem eben so anmuthigen als durchdringenden Glanz, und die Würkung, die das Ganze machte, übertraf in der That alles, was sich die Einbildungs-Kraft prächtiges vorstellen kan.

Biribinker warf nur einen flüchtigen Blick auf dieses majestätische Schauspiel, denn er gewahrte am Ende des Gartens einen Pavillion, in welchem er seine schöne Salamandrin zu finden hofte. Er flog dahin, und die Thüre öfnete sich abermal von selbst, um ihn durch einen grossen Saal in ein Cabinet einzulassen, wo er niemand sah als einen Greisen von majestätischem Ansehen, mit einem langen schneeweissen Bart, der auf einem Ruhebette in tiefem Schlafe zu liegen schien. Er zweifelte nicht, daß es der alte Padmanaba sey, und ob er gleich versichert war, daß er keine Gewaltthätigkeit von ihm zu besorgen hatte, so konnte er sich doch nicht erwehren, ein wenig zu zittern, da er sich, mit den Absichten, die er hatte, so nah bey diesem Zauberer und an einem Orte sah, wo alles demselben zu Gebot stund. Doch der Gedanke, daß ihn das Schicksal nun einmal dazu ausersehen habe, die Bezauberungen des Padmanaba zu zerstören, und das Verlangen, die schöne Salamandrin zu sehen, gaben ihm in wenig Augenblicken seinen ganzen Muth wieder. Er war im Begriff sich dem Ruhebette zu nähern, um sich eines Säbels zu bemächtigen, der neben dem Alten auf einem Küssen lag, als er merkte, daß er mit dem Fuß an etwas stieß, ob er gleich nicht sahe, was es seyn könnte. Er stutzte, und da er die Hände zu Hülfe nahm, so fühlte er den artigsten kleinen Fuß, der je gewesen ist, auf einem Polster ausgestreckt. Eine so unverhofte Entdeckung machte ihn neugierig, das Bein kennen zu lernen, dem ein so artiger Fuß zugehörte; denn Biribinker schloß in diesem Falle wie Sanct Thomas von Aquino selbst geschlossen haben würde, nehmlich, daß, wo man einen Fuß finde, man nach dem ordentlichen Lauf der Natur berechtiget sey ein Bein zu erwarten. Er setzte also seine Beobachtungen fort, und entdeckte endlich von Schönheit zu Schönheit in der unsichtbaren Figur, die er vor sich hatte, ein junges Frauenzimmer, die in einem tiefen Schlaf versenkt zu seyn schien, und (nach dem Zeugniß des einzigen Sinnes, der ihm ihr Daseyn verrathen hatte, zu urtheilen) von einer so vollkommenen Schönheit war, daß sie nichts geringers als entweder Venus oder die schöne Salamandrin selbst seyn konnte. In dem nehmlichen Augenblick, da er diese Entdeckung machte, ließ sich eine muntere Symphonie von allen möglichen Instrumenten hören, ohne daß man weder Instrumente noch Musicanten sah.

Biribinker erschrack und bebte von der schönen Unsichtbaren zurück, denn sein erster Gedancke war, daß dieses Getöse den schlafenden Zauberer aufwecken würde; aber er entsetzte sich noch weit mehr, da er sah, daß Padmanaba verschwunden war.

Dieser Zauberer war alt genug um klug zu seyn; er wußte schon lange, wie gefährlich ihm Biribinker einst seyn würde, und die Furcht vor einem Prinzen, der dazu gebohren schien, seine Bezauberungen aufzulösen, war der stärkste Beweggrund gewesen, warum er seine Residenz in des Wallfisches Bauch aufgeschlagen hatte. Allein auch in dieser Freystatt hielt er sich und seine schöne Salamandrin, die nun der einzige Gegenstand seiner Sorgen war, nicht für sicher genug; und da ihm eine geheime Ahnung vorher sagte, daß ihn Biribinker bis in des Wallfisches Bauch verfolgen würde, so glaubte er nicht genug Vorsicht gebrauchen zu können, um das Unglück zu verhüten, womit ihn die überraschende Erscheinung eines so furchtbaren Gegners bedräute. In dieser Absicht hatte er seine Geliebte mit einem geheimnisvollen

Talisman bewafnet, der die gedoppelte Eigenschaft hatte, sie allen andern Augen als den seinigen unsichtbar zu machen, und so bald er berührt wurde, eine zauberische Musik hervor zu bringen. Käme auch Biribinker, (dachte der alte Padmanaba) aller Schwierigkeiten ungeachtet, in den Bauch des Wallfisches, ja selbst in den unsichtbaren Pallast, so würde ihm doch die schöne Salamandrin unsichtbar seyn; und entdeckte er sie auch, trotz ihrer Unsichtbarkeit, so würde doch, so bald er den Talisman berührte, das musicalische Getöse sein Daseyn verrathen, und ihn Padmanaba noch zeitig genug in den Stand setzen, seinem Unstern zuvor zu kommen. Diese Vorsicht war desto nöthiger, da der gute Alte seit mehrern Jahren mit einer Art von Schlafsucht behaftet war, die ihn nöthigte, alle Tage wenigstens sechszehen Stunden von vier und zwanzig zu verschlafen. Das geringe Zutrauen, das ihm seine vorige Liebste zu ihrem ganzen Geschlecht übrig gelassen hatte, bewog ihn, die schöne Salamandrin während der ganzen Zeit seines Schlummers in einen bezauberten Schlaf zu versenken, aus welchem niemand als er sie erwekken konnte. Der einzige Biribinker würde unter gewissen Umständen und Bedingungen, die nehmliche Macht gehabt haben, und Padmanaba, (so wollt es das Schicksal!) würde in eben demselben Augenblick die seinige, wenigstens über die schöne Salamandrin gänzlich verlohren haben; und da alles dieses während daß der Alte schlief, gar leicht hätte begegnen können, so hatte er den Talisman, der ihn erwecken sollte, so weißlich angebracht, daß Biribinker, (in so fern man ihm auch nur eine mittelmäßige Neugierigkeit zutrauen konnte) ihn nothwendig finden mußte.

Kaum hatte Biribinker, in dem nehmlichen Augenblick, da er entdeckte, daß der schöne Fuß (der zu diesem Abentheuer Anlaß gegeben) einem eben so schönen jungen Frauenzimmer zugehöre, den fatalen Talisman berührt, so fieng, wie schon gemeldet worden, der Talisman zu musiciren an, und Padmanaba erwachte. Er warf, wie leicht zu erachten ist, keinen sehr freundlichen Blick auf unsern Prinzen; allein, da er mit Gewalt nichts gegen ihm vermochte, so blieb ihm nichts übrig, als sich auf der Stelle unsichtbar zu machen, und mit aller nur möglichen Eilfertigkeit auf die Verhindeung des Vorhabens bedacht zu seyn, welches er, ohne in einem übertriebenen Grad argwönisch zu seyn, bey Biribinker voraus setzen konnte.

Inzwischen hatte sich dieser Prinz, dem es bey Gelegenheit nicht an Muth fehlte, wieder aus der ersten Bestürzung erhohlt, worein ihn das unsichtbare Concert und die Verschwindung des Padmanaba gesetzt hatten. So gefährlich als es ihm schien, in einem solchen Ort gar zu neugierig zu seyn, so wollte er doch wissen, was aus dem alten Zauberer geworden sey. Er suchte ihn also im Garten so wohl als in allen Zimmern und Winkeln des Schlosses, nachdem er die Vorsicht gebraucht hatte, sich vorher mit dem Säbel zu bewafnen, den Padmanaba zurück gelassen hatte, und auf dessen beyden Seiten er so viel talismannische Figuren eingegraben fand, daß er sich mit diesem Gewehr vor dem Zauberer Merlin selbst nicht gefürchtet hätte. Da er aber weder den Alten noch jemand andern finden konnte, so zweifelte er nun nicht länger, daß Padmanaba entflohen sey, und ihm seinen Pallast und seine Schöne zur Beute überlassen habe. In diesen Gedanken kehrte er triumphirend zurück, warf seinen Säbel auf das Ruhebette, und sich selbst zu den Füssen der liebenswürdigen Unsichtbaren, die er zu seiner unbeschreiblichen Freude noch immer schlafend fand, ungeacht die Musik des berührten Talismans mit der angenehmsten Abwechslung von Allegro und Andante immer fort daurte. Man weißt nicht, ob es den zauberischen Einflüssen eines von diesen Andante, (welches in der That nicht zärtlicher hätte seyn können, wenn es von Jomelli selbst gesetzt gewesen wäre) oder einem Zweifel, der (wie es zu gehen pflegt) bey ihm entstund, ob er auch dem Zeugniß eines einzigen Sinnes glauben dürfe, und ob nicht diese unvergleichliche Schöne, die er auf dem Sopha gefunden zu haben glaubte, ein blosses Blendwerk seyn möchte, dergleichen in bezauberten Pallästen nicht ungewöhnlich sind – Man weißt nicht, sage ich, ob es der einen oder der andern von diesen Ursachen zuzuschreiben war, daß Biribinker durch neue Beobachtungen sich der Wahrheit eines so ausserordentlichen Phänomenons zu versichern anfieng. In kurzem fügte er auch noch Versuche hinzu, und beydes so wohl, als die heftigste Symptomen einer Leidenschaft, die in kurzem bis zum äussersten Grad der Schwärmerey und des Taumels stieg, liessen ihm endlich keinen Zweiffel mehr übrig, daß er würklich die schöne Salamandrin in seinen Armen habe, deren sichtbare Gestalt ihn in den Zimmern des Pallasts so sehr entzückt hatte. Dieser Gedanke, und das bezaubernde Colorit, womit sein Gedächtniß die Unvollkommenheit des fünften Sinnes ergänzte, dessen er sich allein bedienen konnte, setzte ihn zu sehr ausser sich selbst, als daß er sich in diesen Augenblicken seines geliebten Milchmädchens, seiner Entschliessungen, und der Warnungen des Kürbis hätte erinnern können. Kurz, er wurde immer kühner, und die zunehmende Dunkelheit des Zimmers, die er für eine Aufmunterung seiner Unternehmungen hielt, mit der Musik des Talismans, welche immer zärtlicher wurde, war in der That nicht geschickt, seine Entzückung auf einen mäßigern Grad herab zu stimmen. Es findet sich hier eine kleine Lücke in dem Original dieser merkwürdigen Geschichte, deren Ausfüllung wir den Bentleys und Scribleris unserer Zeit überlassen wollen, ohne uns auch nur mit Vermuthungen über den Innhalt derselben aufzuhalten. Biribinker, fährt die Geschichte fort, erwachte eben aus einer Betäubung, welche gewissen Indianischen Philosophen so angenehm zu seyn scheint, daß sie in eine immerwährende Dauer derselbigen den höchsten Grad der Glückseligkeit setzen, als er gewahr wurde, daß die schöne Unsichtbare alle seine Liebkosungen mit ungemeiner Lebhaftigkeit erwiederte. Er schloß hieraus, daß sie erwacht seyn müsse, und unterließ nicht, ihr in der erhabenen Sprache, die er sich im Bienenstock der Fee Melisotte angewöhnt hatte, alle die zärtlichen Sachen vorzusagen, welche Cristalline und Mirabella in ähnlichen Umständen von ihm gehört hatten. Die Unsichtbare beantwortete diese schönen Erklärungen, Lobsprüche, Ausruffungen und Betheurungen mit Seufzern, Verkleinerung ihrer Reitzungen und Zweifeln an seiner Beständigkeit, die ein weniger entzückter Liebhaber als es Biribinker war, hätte unzeitig und im Mund einer so liebenswürdigen Person unnatürlich finden können. Allein der Prinz, der in diesen Augenblicken gar nicht aufgelegt war Schlüsse zu machen, begnügte sich bloß, in dem gewöhnlichen Wege, wie man dergleichen Zweifel zu zerstreuen pflegt, die Beweise seiner Zärtlichkeit zu verdoppeln. Sie gab ihm alle Aufmerksamkeit, die er nur immer wünschen konnte, ohne desto besser überzeugt zu seyn. Haben sie nicht, sagte sie ihm, Mirabellen und Cristallinen eben so geliebt wie mich? Haben sie nicht einer jeden von ihnen eben so viel zärtliches vorgesagt, eben so viele Betheurungen gemacht, eben so viele Beweise gegeben, ohne daß weder die eine noch die andere, so reitzend sie ihnen auch in der ersten Berauschung ihrer Sinnen vorkamen, fähig war, über das Milchmädchen, das sie sich in den Kopf gesetzt haben, nur einen einzigen Tag lang die Oberhand zu behalten. Ach! Biribinker! das Schicksal meiner Vorgängerinnen sagt mir nur allzu deutlich, was das meinige seyn wird; und wie können sie verlangen, daß ich bey einer so traurigen Gewißheit, sie in wenigen Stunden wieder zu verlieren, gleichgültig bleiben soll? Biribinker antwortete ihr hierauf mit den lebhaftesten und feyerlichsten Versicherungen einer ewigen und eben so unbegrenzten Liebe, als es ihre Reitzungen seyen. Er behauptete, daß sie sich selbst beleidige, indem sie sich mit den beyden Feen vergleiche, die, wie er sagte, nicht liebenswürdig genug gewesen waren, ihm etwas mehr als einen flüchtigen Geschmack beyzubringen, und schwur ihr bey allen Liebesgöttern, daß von dem Augenblick an, da er das Glück gehabt habe, ihr Bild im grossen Saal zu erblicken, das Milchmädchen, welches sie in so unnöthige Besorgnisse setze, nicht mehr Gewalt über sein Herz gehabt habe, als ein jedes anders Milchmädchen in der Welt. Diese Versicherungen beruhigten die schöne Unsichtbare nur schwach, und Biribinker sahe sich genöthigt alle seine Figuren zu erschöpfen, um die Hartnäckigkeit ihres Unglaubens zu überwinden. O! rief er, schönste Unsichtbare, warum kan ich nicht den ganzen Erdkreiß und alle vier Elemente mit ihren Bewohnern auf einmal zu Zeugen der unveränderlichen Treue machen, die ich ihnen schwöre! – Wir alle sind Zeugen, rief eine Menge von weiblichen und männlichen Stimmen, die ihm von Personen, die um ihn herum stunden, in die Ohren schallten. Biribinker, der wohl nicht vermuthet hatte, daß man ihn beym Wort nehmen würde, fuhr mit einiger Bestürzung auf, und wollte sehen, woher diese Stimmen kämen; aber o! Himmel! welche Zunge könnte beredt genug seyn, die Bestürzung und das Entsetzen auszudrücken, worein ihn der Anblick setzte, den eine plötzliche Erheiterung des Zimmers seinen weit offnen Augen darstellte? Er sah, o! Wunder! o! Abentheuer! o! schreckenvoller Anblick! er sahe sich in eben dem Cabinet, welches schon zweymal ein Zeuge seiner treulosen Unbeständigkeit gewesen war; an statt der schönen Salamandrin fand er sich in die Arme der häßlichen Gnomide verwickelt, welcher er vor etlichen Stunden den Preiß zuerkannt hatte; und was seine Beschämung und seinen Schmerz hätte tödlich machen mögen, er sah sich um und um von allen denjenigen umgeben, die er sich am wenigsten zu Zuschauern wünschen konnte, und sie waren grausam genug, in eben dem Augenblick, da er sich mit grauemvollem Eckel aus den Armen seiner mißgeschafnen Schönen loß wickeln wollte, in ein so lautes Gelächter auszubrechen, daß der ganze Pallast davon wiederhallte. Zur Rechten des Ruhbettes sahe er (o! wie gern hätte er sich in diesem Augenblick blind und unsichtbar zu seyn gewünscht!) die Fee Cristalline, welche den kleinen Grigri an der Hand hatte; zur Linken die schöne Mirabella mit ihrem geliebten Flox, der in der That als Salamander eine bessere Mine hatte als in der Gestalt eines dicken Kürbis; aber was die Qual des unglücklichen Biribinkers auf den äussersten Grad vermehrte, war der Anblick der Fee Caprosine mit seinem schönen Milchmädchen, und des alten Padmanaba mit der schönen Salamandrin an der Hand; welche beyderseits auf einer goldfarbigen Wolke, die von kleinen Sylphen getragen wurde, sassen, und mit höhnischem Lächeln auf ihn hinunter sahen. Glück zu! Prinz Biribinker, sagte die Fee Cristalline; in der That, nun vergebe ich ihnen, daß sie so ungedultig von mir wegeilten; wer einer solchen Eroberung zueilt, kan sich nicht genug beschleunigen. Sie erinnern sich noch wohl, Prinz Biribinker, nahm jetzt Grigri das Wort, daß ich eben keine Ursache habe mich ihnen verpflichtet zu glauben; denn wenn es an ihnen gelegen wäre, so möchte ich wohl ewig eine Hummel geblieben seyn; aber es wäre zu grausam, ihrer in den Umständen, worinn sie sind, noch zu spotten. Sehen sie selbige als eine Strafe an, die sie in mehr als einer Betrachtung verdient haben. Wenn auch die Schöne, bey der wir sie auf eine so unvermuthete Art überraschen, ihrer nicht von allen Seiten so würdig wäre, als sie ist, fuhr Mirabella mit einer boßhaften Mine fort, so haben sie wenigstens den Vortheil, daß sie keine Preciöse ist. Was mich betrift, setzte der gewesene Kürbis hinzu, so könnte ich zwar bedauren, daß ich meine wieder erlangte Gestalt und den Besitz der schönen Mirabella ihrem Unglück zu dancken habe; allein nachdem ich als Kürbis großmüthig genug gewesen war, sie vor den Folgen einer neuen Untreue zu warnen, so werden sie mich nicht verdenken können, wenn ich mich als Salamander erfreue, daß sie meine Warnungen verachtet haben. Siehe, Unglücklicher, aber mit Recht bestrafter Biribinker, meckerte jetzt die Fee Caprosine, wiewohl dich Caramussal gegen meinen Zorn geschützt hat. Siehe hier die liebenswürdige Princeßin Galactine, die du als Milchmädchen liebtest, und deren Besitz ein allzu günstiges Schicksal, alles meines Hasses ungeachtet dir zugedacht hatte, wenn du durch eine dreymal wiederholte Untreue dich ihrer nicht selbst unwürdig gemacht hättest. Wenn Mitleiden dir helfen könnte, armer Prinz, sagte das schöne Milchmädchen, so würdest du, so wenig du es auch von mir verdient haben magst, weniger unglücklich seyn; denn ich sehe wohl, daß deine Strafe härter ist als dein Verbrechen, und daß die Feen und Zauberer wenigstens eben so viel Schuld an deinem Unfall haben, als du selbst. Bey diesen Worten sahe der allzu unglückliche Biribinker auf, heftete einen Blick voll unbeschreiblicher Empfindungen auf sein geliebtes Milchmädchen, und sank mit einem Seufzer, worinn er seine Seele auszuhauchen schien, wieder zurück, ohne das Vermögen zu haben, nur ein Wort hervor zu bringen. Lerne, rief ihm der alte Padmanaba von der andern Seite zu, lerne bewundernswürdiger Biribinker, seltnes Muster der Weißheit und der Beständigkeit, daß der alte Padmanaba nicht alt genug ist, deine Verwegenheit unbestraft zu lassen; und möge deine Geschichte, in immerwährender Zeitfolge von einer Amme der andern überliefert, der späten Nachwelt zum Beyspiel dienen, wie gefährlich es ist, den grossen Caramussal um sein Schicksal zu befragen, und vor seinem achtzehnten Jahr ein Milchmädchen zu sehen.

Kaum hatte Padmanaba den Mund wieder zugethan, so hörte man auf einmal ein fürchterliches Donnern, mit Sturmwind und Blitzen begleitet, wodurch der ganze Pallast, wie in einem Erdbeben erschüttert, und die ganze Gesellschaft, den einzigen verzweiflungsvollen Biribinker ausgenommen, in Furcht gesetzt wurde! denn selbst der alte Padmanaba merkte, daß dieses Ungewitter von einer Macht herkomme, die der seinigen überlegen war. Auf einmal flog die Decke des Zimmers und das ganze Dach des Pallasts hinweg, und man sah, unter Donnern und Blitzen, den grossen Caramussal, auf einem Hippogryfen sitzend, herab steigen, und zwischen der Fee Caprosine und dem alten Padmanaba seinen Platz auf einer Wolke nehmen. Der Prinz Biribinker ist genug gestraft, rief Caramussal mit majestätischer Stimme; Das Schicksal ist befriediget, und ich nehme ihn in meinen Schutz. Verschwinde nichtswürdiger Wechselbalg, fuhr er fort, indem er die Gnomide mit seinem Stab berührte, und sie, Prinz Biribinker, wählen sie unter diesen vier Schönen, welche sie wollen; die Salamandrin, die Sylphide, die Ondine, oder die Sterbliche; diejenige, so ihr Herz wählen wird, soll ihre Gemahlin seyn, und sie von der Unbeständigkeit heilen, die bisher, wie man gestehen muß, ihr Fehler gewesen ist – Padmanaba würde, vor Verdruß über eine so unerwartete Entwicklung gerne mit den Zähnen geknirscht haben, wenn er welche gehabt hätte; Was die Schönen betrift, so hatten sie alle ihre Augen mit Erwartung auf den Prinzen geheftet, und besonders sahe man der jungen Salamandrin, die noch kein Wort gesprochen hatte, ganz deutlich an, daß sie lieber gesehen hätte, wenn der alte Padmanaba, an statt die garstige Gnomide an ihren Platz zu schieben, ihr erlaubt hätte, ihre eigene Stelle selbst zu vertreten. Aber Biribinker, der in einem Augenblick von dem äussersten Grad der Schaam und der Verzweiflung auf den höchsten Grad der Glückseligkeit übergieng, bedachte sich keinen Augenblick, wie er wählen wollte. Ob gleich die elementarischen Damen sein Milchmädchen an Schönheit weit hinter sich zurück liessen, so konnten doch alle ihre Reitzungen in Gegenwart seiner geliebten Galactine mehr nicht als einen flüchtigen Blick von ihm erhalten. Er warf sich vor dieser anmuthsvollen Creatur nieder, und bat mit den Ausdrücken einer so aufrichtigen Reue, einer so wahren Liebe um die Vergebung seiner Schuld, daß sie nicht so unbarmherzig seyn konnte, ihm nicht wenigstens die Hofnung, daß sie sich noch erbitten lassen werde, zu erlauben. Caramussal, dem er sich gleichfalls zu Füssen warf, hob ihn auf, nahm ihn bey der Hand, und führte ihn der Princeßin Galactine zu. Empfangen sie hier, liebenswürdige Princeßin, den Prinzen Cacamiello von meiner Hand, denn dieses ist nunmehr sein Name, da die Absichten, warum ich ihm den andern geben ließ, erfüllt sind; Biribinker und Milchmädchen sind nun nicht mehr, und nachdem beyde dem Eigensinn ihres Gestirns genug gethan, und der Feerey ihre Gebühr bezahlt haben, so bleibt mir nichts übrig als den Prinzen Cacamiello seinen königlichen Eltern zurück zu geben, und durch ein ewiges Band mit der Princeßin Galactine zu vereinigen. Ihr, schöne Feen, fuhr er fort, indem er sich zu Cristallinen und Mirabellen wandte, habt, wie ich hoffe, Ursache mit mir vergnügt zu seyn, da ihr durch meine Veranstaltung eure Gestalt und eure Liebhaber wieder erhalten habt; weil es aber unbillig wäre, daß ich allein leer ausgienge, so entlade ich hier den alten Padmanaba aller seiner Sorgen, indem ich die schöne Salamandrin, die bey ihm nichts zu thun hat, als unsichtbar zu seyn und zu schlafen, zur Belohnung meiner Mühe, für mich selbst behalte.

Mit diesen Worten schlug der grosse Caramussal mit seinem Stabe dreymal in die Luft, und auf einmal befand er sich mit dem Prinzen und der Princeßin im Cabinet des Königs, der, wie man denken kan, eine grosse Freude hatte, seinen Sohn und Erben so groß und schön mit einer so schönen Princeßin und mit einem so schönen Namen wieder zu sehen. Bald darauf wurde das Beylager mit grosser Feyerlichkeit und Pracht vollzogen; das neue Ehepaar liebte sich so lange als es konnte, und zeugete Söhne und Töchter; und nachdem endlich der alte König in die neunzehnte Welt abgereißt war, so regierte König Cacamiello so weißlich an seiner statt, daß die Unterthanen keinen Unterschied spürten. Er machte seinen Freund Flox, zur Belohnung der guten Dienste, die er ihm als Kürbis geleistet hatte, zu seinem ersten Vezier, und die schöne Mirabella nebst der Fee Cristalline unterliessen niemals bey Hofe zu erscheinen, so oft die Königin in die Wochen kam. Sie brachten jedesmal den kleinen Grigri mit, welcher ungeachtet seiner Häßlichkeit, bey den meisten Hof-Damen einen Beyfall erhielt, der ihren Liebhabern nicht gleichgültig war. Das muß man gestehen, sagten sie alle aus einem Munde, daß Grigri mit aller seiner Häßlichkeit der kurzweiligste Gesellschafter von der Welt ist! –

# Erläuterungen

S. 5 Strabo] Strabon (64/3 v. Chr. – nach 23 n. Chr.): Erdkunde; umfangreichstes erhaltenes geographisches Werk der Antike.

S. 5 Martiniere] Antoine-Augustin Bruzen de La Martinière (1683–1746): Le grand dictionnaire géographique et critique (10 Bde., Den Haag 1726–1739); umfänglichstes geographisches Nachschlagewerk des 18. Jh.s.

S. 5 bemeldten] Erwähnten.

S. 5 Peripherie] Umfang.

S. 5 dero] Respekts- und Servilitätsformel für possessives ‹Ihr›.

S. 6 Beylager] Eigtl. Beischlaf, hier im übertragenen Sinne ‹Hochzeit›.

S. 6 Geometer] Landvermesser bzw. ein sich der Geometrie widmender Mathematiker.

S. 6 obgedachten] Kurialsprachl., oben erwähnten.

S. 6 Vezier] Höchster Regierungsbeamter vieler islamischer Monarchien.

S. 6 Säugamme] Amme, die fremde Kinder stillt.

S. 7 Jungfer] Unverheiratete junge Frau.

S. 7 Commission] Aufgabe.

S. 7 Galenus] Galenos aus Pergamon (129–199 n. Chr.): De Sanitate Tuenda Libri Sex, Buch 1.

S. 7 Avicenna] Ibn Sina, latinisiert Avicenna (980–1037): Canon Medicinae, Buch I, Serm. 3, Doctr. 1, Cap. 2.

S. 7 Pomeranzen-Blühten] Blüten des Bitterorangenbaumes.

S. 7 Canarien-Sect] Alkoholstarker, süßer Malvasia-Weißwein von den Kanaren, der sich in den europ. Königshäusern großer Beliebtheit erfreute.

S. 8 es laurt … unter den Blumen] Verg. ecl. 3, 93.

S. 8 zuschlagen] Bekommen.

S. 8 Nectar noch Ambrosia] Unsterblichkeit und Jugend verleihende Götterspeisen (Hom. Od. 9, 359).

S. 8 Phönixen] Eigtl. der sich von Sonnenlicht und Tau nährende, alle 500 oder 1000 Jahre durch Selbstverbrennung sich erneuernde myth. Sonnenvogel Phoinix, der einzige seiner Art (Epiph. Ancor. 84. Artem. 4, 47).

S. 8 Leib-Medicus] Leibarzt.

S. 9 bestellt] Angestellt.

S. 9 Seßionen] Sitzungen.

S. 9 FavorittHof-Narre] Lieblingshofnarr.

S. 9 grossen Zauberer Caramussal ... des Berges Atlas wohnte] Mächtiger, auf dem nordwestafrikan. Atlasgebirge residierender Zauberer in Hamilton: Les quatre Facardins (Paris 1730).

S. 9 fiel ihm jedermann bey] Stimmte ihm jedermann zu.

S. 9 Taggelder] Diäten, Aufwandsentschädigungen.

S. 10 Meilen] Altes Längenmaß, regional variierend zw. 7 und 9 km.

S. 10 Physionomie] Frz., Physiognomie.

S. 10 Caprosine] Wortschöpfung von lat. capra (Ziege).

S. 10 Zufälle] Ereignisse, Schicksale, Begebenheiten.

S. 11 Edict] Erlaß.

S. 11 Deputation] Gemeinschaft von Abgeordneten.

S. 12 Cron-Prinzen] Thronfolger eines regierenden Königs oder Kaisers.

S. 12 Serail] Eigtl. Palast eines Sultans, hier synonym für ‹Harem›.

S. 12 Gala-Tägen] Festtagen; obdt. ‹Täge› für ‹Tage›.

S. 13 Concetti] Gedankenspiele, sinnreich scheinende Einfälle.

S. 13 Epigrammata] Kurze, treffende Gedanken in Gedichtform, insb. als Spott-, Witz- und Stachel-, d. s. satirische Gedichte.

S. 13 Witz] Verstand, Geist.

S. 13 einer von den vierzigen der *Academie Francoise*] Anspielung auf die 40 auf Lebenszeit ernannten Mitglieder der 1635 gegründeten Akademie zur Pflege der französischen Sprache.

S. 13 Melisotte] Wortschöpfung von griech. mélissa (Biene) und frz. sotte (dumme, einfältige).

S. 13 Französisches Concert] Konzert mit Werken im französischen, auf Lully zurückgehenden Stil mit gefälliger Melodik und Harmonik.

S. 13 Opera von Lulli] Jean-Baptiste Lully (eigtl. Giovanni Battista Lulli, 1632–1687), Komponist von Theater- und Ballettmusiken, Opern und Kirchenmusiken, Schöpfer des frz. Musik- und Opernstils.

S. 13 Herkules] Typenname; nach dem mit übermenschlicher Stärke begabten Heroen der griech.-röm. Mythologie.

S. 13 Morgensterne, deren sich ... zu bedienen pflegten] Streitkolben, deren Griffstangen in einen mit Stacheln besetzten Kopf ausliefen; vom Mittelalter bis ins 16. Jh. hinein bei Reiterei und Fußvolk der Schweizer Landsknechte gebräuchlich.

S. 14 Sapperment] Umgangssprachl., ‹Sakrament› verballhornender Fluch.

S. 14 Padmanaba] Name eines alten Weisen in François Pétis de la Croix (1653–1713): Histoire du Prince Seyf el Mulouck, in: Les mille et un jours (Paris 1710–1712), Jour 99–Jour 108, und eines weisen Brahmanen in [Pétis de la Croix?]: Histoire du Brachmane Padmanaba & du jeune Fyquaï, in: Histoire de la Sultane de Perse et des Visirs (Amsterdam 1707), S. 176–193.

S. 16 Venus in dem Augenblick ... Paphos getragen wurde] Anspielung auf die meerschaumgeborene, von milden Westwinden übers Meer an die zyprische Küste unweit der Stadt Paphos getriebene Aphrodite (Hom. h. 6, 3–5).

S. 16 Hebe, wenn sie ... Nectar einschenkte] Göttin der Jugend und Mundschenkin der Götter (Serv. Aen. 1, 28. Natale Conti (1520–1582): Mythologiae Libri Decem (Venedig 1568), S. 45 a).

S. 17 Galactine] Wortschöpfung von griech. gála, gálaktos (Milch).

S. 17 Insel auf dem festen Lande] Anspielung auf Cervantes: Don Quixote (Den Haag 1744), 4. Bd., Kap. 45, S. 108ff., wo Don Quixote zum Lohn für seine Knappendienste Sancho Pansa die Statthalterschaft über die Insel Barataria, einem Dorf auf dem Festland, überträgt.

S. 18 Feerey] Zauberei, Magie der Feen.

S. 18 Zimmet-Öl] Öl des Zimtbaumes.

S. 18 Lasur-Stein] Lapislazuli; tiefblaues Gestein.

S. 19 Cabinet] Frz., abgesondertes privates Zimmer.

S. 19 Geschichte des Adonis und der Venus] Adonis, myth. Hirtenjüngling von solch ausnehmender Schönheit, daß sich Aphrodite (lat. Venus), Göttin der Liebe und Schönheit, und Persephone, Göttin der Unterwelt, in ihn verliebten (Ov. met. 10, 298–502. 519–552); ihren Streit schlichtete Zeus, indem er bestimmte, daß Adonis je ein Drittel des Jahres bei Aphrodite und Persephone zubringen, das dritte aber für sich haben sollte; Adonis entschloß sich, auch dieses bei Aphrodite zuzubringen (Apollod. 3, 182–185).

S. 19 Blumenstücken] Blumenbeeten.

S. 19 Geräthe] Hausrat.

S. 21 Galimathias] Frz., verworrenes Gerede, unverständliches Geschwätz.

S. 21 schlechten] Schlichten, einfachen.

S. 22 Reverenz] Verbeugung.

S. 22 Cristalline] Name einer Fee in Hamilton: Die vier Facardine, in: Die Blaue Bibliothek aller Nationen (1790), Bd. 2, S. 333–512.

S. 22 Talisman] Zaubermittel, -bild, Schutzzauber.

S. 22 elementarischen Geistern] Durch antike Mythologie, animistischen Volksglauben und neuplaton. Philosophie tradierte Vorstellung von den die vier Elemente bevölkernden Elementargeistern: Nymphen bzw. Undinen (Wassergeister), Sylphen (Luftgeister), Pygmäen bzw. Gnomen (Erdgeister) und Salamander (Feuergeister).

S. 23 niedlichsten] Schmackhaftesten.

S. 23 Ariadne dem jungen Bachus] Ariadne verliebte sich auf Naxos in Dionysos, den Gott des Weines, der sie schließlich ehelichte (Hes. theog. 947. Hyg. astr. 2, 5).

S. 24 Übelstand] Mißstand.

S. 24 gerochen] Gerächt.

S. 25 Faun] Gegenstück der Nymphe, bekannt für seine alles wagende zügellose Begehrlichkeit und seine ungehemmte Genuß- und Trunksucht und dafür, daß er Nymphen und Mänaden nachstellt, mit plumpen Werbungen für sich zu gewinnen sucht, sie auch gern nachts, wenn sie schlafen, beschleicht.

S. 25 Chinesische Einbildungskraft] Chinesen sagte man einen besonderen Hang zum Bizarren und Grotesken nach.

S. 26 Grigri] Titelheld in Louis de Cahusac (1706–1759): Grigri, histoire véritable (Paris 1739); darin wird die ‹erotische Erziehung› des jungen Grigri am galanten Hofe Biribi auf der Île Fortunée geschildert; die Unansehnlichkeit eint Grigri mit Priap (Carm. Priap. 39: Alle Götter sind schön, Priap ausgenommen, der dafür mit anderen Reizen aufwarten kann).

S. 26 Soriten] Kettenschlüsse, Schlußreihen.

S. 28 läßt] Steht.

S. 30 sie haben Zerstreuungen] Sie sind nicht bei der Sache.

S. 30 hält] Wacht, hütet.

S. 30 Gecken] Narren.

S. 31 quintessenz-mäßigen] Höchst konzentrierten, vergeistigten.

S. 32 trojanischen Pferd] Zur Überlistung der Verteidiger Trojas gebautes hölzernes Pferd (Hom. Od. 8, 492–495).

S. 32 Eselin des Silenus] In der griech.-röm. Mythologie Lehrer und Begleiter des Bacchus, des Gotts des Weines; Faune pflegten den oft trunkenen Silen auf die Eselin zu wuchten und heimzubringen.

S. 32 vaticanischen Apollo] Marmorstatue des griech.-röm. Gottes der Künste; röm. Kopie eines hellenistischen Bildwerks des 4. vorchristl. Jh.s.; im Hof des Belvedere in den Vatikanischen Gärten aufgestellt, galt es bis weit ins 19. Jh. hinein als eines der größten Meisterwerke der bildenden Kunst; Inbegriff menschlicher Schönheit.

S. 33 Liebes-Göttern] Amoretten; nackte, meist geflügelte, neckischverspielte, mit Bogen, Pfeil und Köcher bewehrte Knaben, die, ihrer kindlichen Unschuld ungeachtet, Götter und Menschen mit ihren ins Herz treffenden Pfeilen unwiderstehlich in Liebe entbrennen lassen; Begleiter der Liebesgöttin Venus.

S. 34 Elegie] Trauer- und Klagelied.

S. 35 Weberknopf] Dicker Knoten, mit dem der Weber lose Fadenenden oder zerrissene Fäden eines Gewebes zusammenbindet.

S. 36 Greiffen-Klaue] Mythischer vierbeiniger, geflügelter Löwe mit Kopf und Klauen eines Adlers.

S. 36 Popanz] Schreckensmann, Menschenfresser.

S. 36 Caspische Meer] Größter See der Erde, im äußersten Westasien, zw. Persien, der großen Tartarei, Rußland und Georgien gelegen.

S. 38 Titon] Aurora, die den einst jugendschönen Tithonos entführte und heiratete, erbat sich von Zeus für ihn Unsterblichkeit, vergessend, für ihn zugleich ewige Jugend zu erbitten (Hom. Il. 19, 1); als schwächlicher Greis bat er sie um Sterblichkeit, die sie ihm nicht verschaffen konnte, weswegen sie ihn schließlich in eine Zikade verwandelte.

S. 38 Medusa] Gorgone; schlangenbewehrte, drachenbeschuppte, geflügelte Schreckgestalt, deren Blick Tier und Mensch versteinert (Apollod. 2, 40f. Ov. met. 4, 779–803).

S. 39 Ovidius] Publius Ovidius Naso (43 v. Chr. – 17 n. Chr.), röm.

Dichter des augusteischen Zeitalters, dessen *Metamorphosen* zu den beliebtesten Werken der antiken Literatur zählen.

S. 39 Witzes] Verstandes, Geistes.

S. 39 Myrrthen-Hecken] Aus dem Mittelmeergebiet stammendes, wohlriechendes und immergrünes Strauchgewächs aus der Familie der Myrtazeen.

S. 39 Ammons-Horn] Aus einem Widderhorn gefertigtes Blasinstrument; nach dem mit Jupiter verschmolzenen ägypt. Gott Amun benannt.

S. 39 so spritzten sie … schon Hirschläufte hätte] In der griech.-röm. Mythologie leidenschaftlicher Jäger, der versehentlich die unbekleidet badende Göttin Diana im Wald überraschte, woraufhin sie ihn in einen Hirsch verwandelte, der schließlich von seinen Jagdhunden zerrissen wurde (Ov. met. 3, 185–206).

S. 39 Sprossen] Weidmannssprachl., die beiden untersten Stangen oder die Enden des Geweihs.

S. 40 Segeltuch] Dichtgewebter, windundurchlässiger Leinenstoff.

S. 40 Polypen] Vielfüßiges, mikroskopisch kleines Wassertierchen.

S. 40 Ondinen] Weibliche Elementargeister des Wassers.

S. 40 Honigseim] Ungeläuterter Honig, wie er aus den Waben fließt.

S. 40 Avicenna] Ibn Sina, latinisiert Avicenna, eigtl. Abū Alī al-Husain ibn Abd Allāh ibn Sīnā (980–1037), pers. Arzt und Philosoph.

S. 41 drey Gratien] In der griech.-röm. Mythologie schöngestaltige, singende und tanzende Begleiterinnen der Göttin Aphrodite.

S. 41 Amethyste] Violetter Edelstein.

S. 41 Saphir] Wertvoller, blauer Schmuckedelstein.

S. 41 aufgesetzt] Besetzt.

S. 41 Phlegma] Wässrige, unschmackhafte Flüßigkeit.

S. 43 Averroes] Abū l-Walīd Muhammad ibn Ahmad Ibn Ruschd (1126–1198), latinisiert Averroës, andalusischer Mediziner und Gelehrter, dessen Aristoteles-Kommentare eine immense Wirkung auf die mittelalterliche lateinische und jüdische Philosophie hatten.

S. 43 gehofmeistert] Geschulmeistert.

S. 43 Die Reitzungen der Ondinen … Menschen begehrenswürdig macht] De Montfaucon de Villars: Le comte de Gabalis (Paris 1670, hier London 1742), S. 27.

S. 43 Gradationen] Abstufungen.

S. 43 Evidenz] Gewißheit, Klarheit, Deutlichkeit.

S. 44 weißt] Weiß.

S. 44 subtilesten] Feinsten.

S. 44 Mirabella] Ital., wörtl. Wunderschöne.

S. 44 Ellenlangen] Längenmaß von etwa 60 cm.

S. 45 Sie erinnern sich … zu Asche wurde] Juno, eifersüchtig auf das Liebesverhältnis ihres Gatten zu Semele, riet ihr, von Jupiter zu verlangen, daß er sich ihr in eben jener Gestalt zeigen solle wie ehedem der Juno; Jupiter, gewöhnlich von Blitz und Donner umgeben und wissend, daß seine Blitze und Donnerkeile einer Sterblichen wie Semele tödlich sein würden, wählte leichtere Blitze; allein auch diese verbrannten sie (Ov. met. 3, 253–309).

S. 45 Flox] Griech., wörtl. Flamme, Blitz.

S. 46 Gnomide] Weiblicher Elementargeist der Erde.

S. 46 Glossen] Erklärende Bemerkungen.

S. 46 Sympathie] Geheimnisvolle Entsprechung, Übereinstimmung.

S. 46 metaphysischen] Durchgeistigten.

S. 47 Zerstreuungen] Ablenkungen.

S. 47 aus dem siebenten Capitel … Zeugniß der Sinne sey] Abū l-Walīd Muhammad ibn Ahmad Ibn Ruschd (1126–1198), latinisiert Averroës, andalusischer Mediziner und Gelehrter, dessen Aristoteles-Kommentare eine immense Wirkung auf die mittelalterliche lateinische und jüdische Philosophie hatten; der Stellenverweis ist fiktiv.

S. 48 Talismanische] Eigtl. Zaubermittel, -bild, Schutzzauber, hier: magische.

S. 48 in Gichter fielen] Gichtanfälle (Arthritis) bekamen.

S. 48 nieder kamen] Kinder gebärten.

S. 50 Lucretia würde nie … zu werden verdient] Ehefrau des Lucius Tarquinius Collatinus, Vorbild kompromißloser Keuschheit; sie wurde von Sextus Tarquinius mit dem Tode bedroht, sollte sie sich ihm nicht fügen; sie ließ es geschehen und erstach sich nach der Vergewaltigung (Liv. 1, 57–60).

S. 50 Preciöse] Salondame affektierten Wesens, Gebarens und Sprechens, das zw. Koketterie und Prüderie changiert.

S. 51 braven] Mutigen.

S. 51 woran fünfzig tausend tapfere Helden zu kurz gefallen sind] Worin fünfzigtausend tapfere Helden versagten.

S. 52 Tritonen] Männl. Mischwesen mit menschlichem Oberkörper, Pferdebeinen und delphinartigem Unterkörper, die auf Schneckenhörnern blasend die Meeresfluten aufzuwühlen oder zu besänftigen pflegen; Begleiter des griech. Gottes des Meeres Poseidon und seiner Gemahlin Amphitrite.

S. 52 Eintrag thun] Schaden.

S. 53 Anstand] Betragen, Verhalten.

S. 53 Diana] Jungfräuliche, bis zur Sprödigkeit keusche Göttin der Jagd, der Berge und der Wälder, Beschützerin der Mädchen und Frauen.

S. 53 aufgeschürzt] Hochgebunden.

S. 54 wer alle liebt, liebt keine] Sprichwörtl. Redensart.

S. 54 Distinction] Unterscheidung.

S. 55 angeloffen] Angelaufen.

S. 56 wilde Männer] Die Tiefen des Waldes bewohnende Naturdämonen des gemeineurop. Volksglaubens.

S. 57 diejenigen, die man an den Grönländischen Küsten zu fangen pflegt] Grönlandwal, bis zu 18 m lang und bis zu 100 t schwer.

S. 57 die winzigen Thierchen … Wassers herum schwimmen sieht] Infusorien, d. s. Mikroorganismen wie Amöben, Pantoffeltierchen und Radiolarien.

S. 58 etwan] Etwa.

S. 58 deutsche Meilen] Altes Längenmaß, regional variierend zw. 7 und 9 km.

S. 58 Zimmet-Stauden] Zimtbaum.

S. 59 Discant-Stimme] Sopranstimme, höchste Stimme in einem mehrstimmigen Satz.

S. 59 Triller] Musikalische Verzierungen, die eine Abfolge schneller Wechsel zwischen der Hauptnote und dem nächsthöheren Ton verlangt.

S. 59 Castraten] Männliche Sänger mit natürlicher Sopran- oder Altstimmlage, die aufgrund ihrer schönen Stimme als Knaben kastriert wurden, um den in der Pubertät einsetzenden Stimmbruch zu verhindern.

S. 59 Krautgarten] Gemüsegarten.

S. 59 dem Wanst eines schinesischen Mandarins] Chinesische Staatsbeamte der Ming- (1368–1644) und Mandschu-Dynastie (1644–1911);

‹Wanst› spielt auf zeitgenössische groteske figürliche Darstellungen beleibter Chinesen an.

S. 61 Schmeerbauchs] Fetten Bauchs.

S. 63 *à priori*] Lat./Frz., wörtl. vom Früheren her, hier: durch logisches Schließen aus bloßen Begriffen, ohne Rückgriff auf Erfahrungswissen.

S. 63 Beruf] Berufung.

S. 64 gediegenen] Reinen.

S. 66 Granatbäumen] Granatapfelbäume.

S. 66 Labyrinth] Irrgarten.

S. 66 Jasmin] Aus Asien stammender, seiner weißen oder gelben, aromatisch duftenden Blüten wegen hoch geschätzter Echter oder Gewöhnlicher Jasmin.

S. 66 Antrag] Vorschlag.

S. 67 Titon von seiner Aurora] Aurora entführte und heiratete einst den jugendschönen Tithonos (Hom. Il. 19, 1).

S. 68 Carbonnade] Frz., Rostbraten, gegrilltes Fleisch.

S. 68 speculativen Geist] Forschenden, nachdenklichen, verstiegenen Geist.

S. 69 Zephyr] In der griech.-röm. Mythologie mildwehender Windgeist.

S. 70 Gassensteine] Pflastersteine.

S. 71 Gnomiden] Weiblichen Elementargeistern der Erde.

S. 73 tieffere Blicke in die Zukunft thut, als irgend ein Calender-Macher] Verfertiger von Kalendern, die mit einer Vielzahl von astronomischen, meteorologischen und astrologischen Vorhersagen aufwarteten.

S. 73 bürleske] Derbkomische.

S. 73 Calot] Jacques Callot (1592–1635), lothring. Radierer und Zeichner; hier Anspielung auf dessen 21blättrige Serie *Le Gobbi* (ital., Die Zwerge) von 1616.

S. 73 Hogarth] William Hogarth (1697–1764), Maler, Kupferstecher und Graphiker, Schöpfer von moralsatirischen Graphikfolgen; viele seiner Charakterdarstellungen tragen karikatureske bis groteske Züge.

S. 73 Hexen-Sabbath] Geheimes orgiastisches Treffen der Hexen mit rituellem Kindesmord und sexuellem Verkehr mit dem Teufel.

S. 74 Pagode] Statuette aus Porzellan o. ä. mit beweglichem Kopf.

S. 74 goldnen Apfel] Anspielung auf den goldenen Zankapfel, der die Aufschrift trägt: ‹Die Schönste nehme ihn›, im griech. Mythos vom *Urteil des Paris* (Lukian. dial. deor. 20, 7).

S. 75 Meerkatze] In Afrika, südl. der Sahara, beheimatete, vornehmlich baumbewohnende, geschwänzte Affen; nach Europa übers Meer eingeführt.

S. 75 stumpichter] Mundartl., stumpfartiger, verstümmelter.

S. 75 Spanne] Altes Längenmaß von etwa 20 cm.

S. 75 Mademoiselle] Frz., Fräulein; Anrede für eine vornehme junge Frau.

S. 77 Diana] In der röm. Mythologie jungfräuliche, bis zur Sprödigkeit keusche Göttin der Jagd, der Berge und der Wälder, Beschützerin der Mädchen und Frauen.

S. 77 Venus] Röm. Göttin der Liebe und Schönheit.

S. 77 Hebe] Griech. Göttin der Jugend und Mundschenkin der Götter (Hom. Il. 4, 2).

S. 77 Flora] Röm. Göttin der Blumen.

S. 77 Liebesgöttern] Amoretten; nackte, meist geflügelte, neckisch-verspielte, mit Bogen, Pfeil und Köcher bewehrte Knaben, die, ihrer kindlichen Unschuld ungeachtet, Götter und Menschen mit ihren ins Herz treffenden Pfeilen unwiderstehlich in Liebe entbrennen lassen; Begleiter der Liebesgöttin Venus.

S. 77 Titian] Tiziano Vecellio (um 1476/77–1576), gen. Tizian, führender Maler der venezianischen Schule; insb. seiner Meisterschaft in der Farbgebung wegen geschätzt.

S. 77 Guido] Guido Reni (1575–1642), führender Maler der Bologneser Schule; insb. auch seines kräftigen, kontrastreichen Kolorits wegen geschätzt.

S. 78 wie Sanct Thomas von Aquino selbst geschlossen haben würde] Thomas von Aquino (1224/25–1274), Dominikaner und Schüler Alberts des Großen, bedeutendster Scholastiker; sein Hauptwerk, die *Summa theologiae,* ist bis dato Grundlage der katholischen Theologie.

S. 81 Merlin] Weiser Druide, Zauberer, Prophet, Barde und Ratgeber des König Artus in der mittelalterlichen Artusepik.

S. 82 Allegro] Schneller, bewegter Teil oder Satz eines Musikstücks.

S. 82 Andante] Satz eines Musikstücks in gemäßigtem Tempo.

S. 82 Jomelli] Niccolò Jommelli (1714–1774), bedeutender ital. Komponist, Vertreter der Neapolitanischen Opera seria, Verfasser von Oratorien, Kantaten und Kammermusiken.

S. 82 des fünften Sinnes] Des Tastsinnes (Aristot. an. 2, 17).

S. 83 Bentleys] Richard Bentley (1662–1742), klassischer Philologe, Begründer der textkritischen Schule in England; seine Editionen klassischer Autoren waren wegen ihrer zahlreichen Texteingriffe und -ergänzungen umstritten.

S. 83 Scribleris] Typenname; Martinus Scriblerus, komisch-satyrische Figur eines geistlos vielschreibenden und eitlen Gelehrten.

S. 83 Betäubung, welche gewissen Indianischen Philosophen ... Grad der Glückseligkeit setzen] Anspielung auf das buddhistische Nirvana, dem Zustand der völligen Befreiung des Geistes vom Irdischen und dem darin herrschenden Kreislauf der Seelenwanderung (Samsara); seeliges Selbstvergessen durch Versenkung in das Nichts.

S. 84 Figuren] Rhetorische Figuren, Stilmittel.

S. 85 in ein so lautes Gelächter ... davon wiederhallte] Anspielung auf das schallende Gelächter der Götter in Hom. Od. 8, 326.

S. 88 Wechselbalg] Eigtl. dem Volksglauben zufolge einer Wöchnerin von dämonischen Wesen untergeschobener Säugling; hier mißratenes, ungezogen-häßliches Kind.

S. 89 Cacamiello] Wortschöpfung, von ital. caca (Scheiße) und ital. miele (Honig).

S. 89 neunzehnte Welt] Crébillon fils: Ah quel conte! (Brüssel 1754), Bd. 6, S. 114f.; in die 19. Welt pflegen sich die Feen und Genien zurückzuziehen, wenn sie der irdischen überdrüssig geworden sind; wenn sie die dort herrschende Sorglosigkeit langweilt, steigen sie wieder in die irdische zurück.

# Nachwort

Befremdlich allemal, oder wie wollen wir das nennen: Da wird einem Märchenprinzen, der die ganze Geschichte über den tändelnden Namen «Biribinker» trägt, am Ende ein ordentlicher gegeben, der «Cacamiello» lautet, was doch wohl so viel wie «Honigscheißer» bedeutet, und wir erinnern uns des Anfangs der Geschichte, wo wir erfahren, dass er, als Säugling von einer Riesenbiene genährt, mit dem Inhalt seiner Windel den Konfektbedarf eines ganzen Hofes befriedigte. Dass dieser Prinz außerdem Pomeranzenblütenwasser pisste, wundert dann nicht mehr, aber dass er in der weiteren Geschichte dieses Pomeranzenblütenwasser einmal in einen kristallenen Nachttopf ergießt, der sich just in diesem Augenblick – oder vielmehr deswegen – in eine Fee verwandelt … – und wenn wir diese Szene nicht kopfschüttelnd schnell weiterlesend verlassen, sehen wir die soeben, sagen wir: verwandelte Fee mit dem jungen Mann sprechen, der vor ihr mit offener Hose steht … und diese Fee steigt mit diesem jungen Mann ins Bett – aus Dankbarkeit wegen der Verwandlung, denn die Zeit der Verzauberung in einen Nachttopf (Kristall hin oder her, und das lateinische «crista» schlagen wir mal besser nicht nach) als Strafe für ein Liebesabenteuer mit einem Gnomen war natürlich arg unangenehm gewesen, aber auch, weil Biribinker sie, wie er so dasteht, an jenen Gnomen angenehm erinnert, der zwar kein Adonis gewesen sei, den aber doch in einer unter Umständen ins Auge fallenden Hinsicht seine vom Normalen abweichende Gestalt nicht unattraktiv gemacht habe ... – wie war noch gleich die Frage? Wie wir das nennen wollen?

Der Verfasser schreibt «Geschichte» darüber, aber wir werden uns vielleicht doch für «Märchen» entscheiden, wie wir gewohnheitsmäßig eine Geschichte, in der Feen, Riesen und Zauberer vorkommen, nennen, und weil eine solche Einordnung uns signalisiert, dass wir uns in einer Welt bewegen, in der eigene Gesetze gelten oder gar keine, jedenfalls: dass wir angehalten sind, uns nicht zu wundern, sondern vielmehr alles für möglich zu halten.

Aber bei Märchen, an die wir denken, wenn wir eine Geschichte lesen, die mit «Es war einmal» beginnt, sind wir zwar auf goldne Paläste, sprechende Tiere und so weiter gefasst, aber nicht auf kristallene Nachttöpfe und auch nicht auf Windeln, die Konfekt enthalten. Die Märchen, an die wir denken, wenn wir etwa den Namen «Grimm» hören, sehen zweifellos ganz anders aus. In eine Diskussion über Literaturgattungen, die schon Generationen von Germanisten beschäftigt hat, wollen wir uns hier allerdings nicht einlassen. Wir lassen auch jene Geschichten beiseite, die «französische Feenmärchen» oder ähnlich heißen und auf die Wieland sich indirekt bezieht, wenn er etwa den Namen eines Zauberers (Padmanaba) aus einer französischen Märchensammlung «1001 Tag» nimmt. Man kann das Märchen vom Prinzen Biribinker vor diesem Hintergrund lesen, muss das aber nicht tun. Eine Geschichte sollte man sowieso immer erst für sich lesen, ehe man hervorsucht, mit welchen anderen sie möglicherweise verbunden ist, woran ihr Verfasser gedacht haben mag, worauf er (vielleicht) angespielt hat und so weiter – und hat damit genug zu tun.

Wie fängt die Geschichte eigentlich an – man vergisst diesen schönen Beginn beinahe über den Wunderlichkeiten dessen, was dann folgt. Da ist ein König, der der Geschichtsschreibung deswegen so unbekannt ist, weil die Geschichtsschreiber sich an ihm rächen, weil er ihnen nichts zu schreiben gegeben hat. Er ist nämlich ein so friedlicher Monarch gewesen, dass es nichts von gewonnenen und verlorenen Schlachten, eroberten Ländern und sonstigem Mord- und Regierungswesen zu erzählen gibt. Und wenn darüber nichts, dann schon gleich gar nichts über diesen der Geschichtsschreibung unwürdigen Herrn! Allerdings nannten ihn seine Zeitgenossen «den Großen» – dies aber vielleicht nur, weil er so fett war. Und dieser Umstand macht eine Episode seines Lebens interessant, nämlich seine Hochzeit bzw. seine Hochzeitsnacht. Man erinnere sich des Witzes vom sehr korpulenten Ehepaar beim Therapeuten, das auf die Frage nach dem ehelichen Sex die empörte Auskunft gibt: Halten Sie uns für Akrobaten? Es geht, wie Wieland sich ausdrückt, um «den Wanst» und «andere Verhältnisse», auf deren Äquivalente bei der Brautschau geachtet werden muss. Als man auf Grund der angestellten geometrischen und, wie hervorgehoben wird, experimental-physikalischen Berechnungen eine passende Braut gefunden hat, tut man sich auch gleich, da man sich des Erfolges sicher ist, nach einer «Säugamme» um – und nun muss die Leserin oder der Leser einen Augenblick nachdenken. In die engere Auswahl kommen 20 000 – nun gut, warum auch nicht – junge Frauen, unter denen (man müsse das gestehen) keine einzige Jungfer gewesen sei, «allein man glaubte, sie würden sich nur desto besser zu dem ehrenvollen Amte schicken» – wieso das? Nun, eine Frau, die für das Amt der Amme geeignet ist, muss ein Kind geboren haben ... – der Leibarzt sucht jedenfalls die nach seinem Geschmack Schönste aus. Punkt. Bis hierhin lesen wir eine launig-frivole Burleske, und dann erst tritt die Geschichte in eine märchenhafte Kulisse ein. Die Riesenbiene und die schwarze Ziege treten auf.

Durch die Vor-Geschichte der eigentlichen Geschichte ist man nun aber darauf eingestellt, dass die Geschichte uns alles, was passiert, mit einem Augenzwinkern mitteilt, einem Leseimperativ: Lies es zweimal! Wobei man klugerweise sich darauf gefasst machen sollte, dass sehr vieles in der Geschichte überhaupt keine zwei- oder mehrmalige Lektüre braucht, ja nicht einmal verträgt, weil es einfach aus purer Freude am märchenhaften Fabulieren so da steht: Literatur ist (nicht nur hier) kein Rätselspiel, sondern etwas, das auf ganz unterschiedliche Weise Vergnügen macht, sei's durch Spannung, sei's durch Verblüffung, sei's durchs Ergreifen der Seele und vieles mehr, wozu auch das Spiel mit Umwegen, Finten, Augenzwinkern gehören mag und dem Unterhalten durch unverhoffte Unanständigkeit.

Die Geschichte selbst wird nun in Gang gebracht durch einen Orakelspruch, der, wie man das von manchem Orakel kennt, das bewirkt, was er verhindern will. Der Prinz soll vor seinem 18. Jahr kein Milchmädchen sehen, und er soll «Biribinker» getauft werden ...: «Biribinker! Was für ein verfluchter Name das ist! Hat man auch jemals gehört, daß ein Prinz Biribinker geheissen hätte? [...] Und seit wenn sind die Milchmädchen gefährlicher als andere Mädchen?», fragt sich der Vater. Aber sei es drum, er wird so genannt und alles, was mit Milch und Kuh und Ziege zu tun hat, von ihm ferngehalten. Aufgezogen wird er in einem Bienenkorb, umsorgt von 100 000 Bienen und bewacht von einem Ring von Wespennestern. «Allein so bald er das siebenzehnte Jahr erreicht hatte, regte sich ein gewisser Instinct bey ihm, der ihm sagte, daß er nicht dazu gemacht seye, sein Leben in einem Bienenkorbe zuzubringen.» Wenn man kein Vergnügen an solchen lakonischen Kommentaren hat, bleibt man bei Lektüre der Geschichte des Prinzen Biribinker allerdings ratlos.

Eine durch den Favoritendienst im Harem der Bienenfee überanstrengte Hummel (verzaubert, versteht sich) hilft dem Prinzen zu entkommen, überlässt ihn bald seinem Schicksal und gibt ihm einen Rat, der auch so beschaffen ist, dass er das Gegenteil befördert und damit die Geschichte in Gang hält, der aber doch am Ende zum größeren Glücke dirigiert. Er werde, sagt die Hummel, an einen verfallenen Palast kommen, den solle er betreten, darin aber keines der offenen Zimmer betreten, nur das verschlossene, das sich bei Nennung des Namens «Biribinker» öffnen werde. Keineswegs aber dürfe er eine Hütte betreten, die am Wege zum Palast liege, denn sonst sei er verloren. Also geht er zu der Hütte, und er sieht dort inmitten blauer Ziegen selbstverständlich ein Milchmädchen, in das er sich verliebt, das sich in ihn verliebt – bis sie seinen Namen hört: «Götter! [...] was für einen verhaßten Namen höre ich!», und sie flieht, «flog, daß ihre Fußsohlen kaum die Spitzen des Grases berührten». Das verfallene Schloss findet er anschließend, innen ist alles eitel Kristall und Elfenbein und Edelstein, auch ein lockendes Bett ist da, in das er sich das wunderschöne Milchmädchen hineinträumt, «als eines der unvermeidlichsten Bedürfnisse der menschlichen Natur ihn nöthigte», jenen kristallenen Nachttopf zu benutzen, wie wir schon eingangs erwähnten, mit der überraschenden Folge.

So wird aus der Suche nach dem Milchmädchen eine Reihe

von Liebesabenteuern. Nach dem mit der Fee, die auch noch Cristalline heißt, ein weiteres mit einer Wassernymphe, die nur in gewebtes Wasser gehüllt ist – «Madame, [...] nennen sie das angekleidet seyn?» – «Warum nicht? antwortete die Nymphe; sehen sie denn nicht, daß ich einen siebenfachen Schleyer von Leinwand eingewickelt bin? – Das gestehe ich, sagte der Prinz; wenn das Leinwand ist, so möchte ich wohl denjenigen sehen, der sie gewebt hat; denn das feinste Spinnen-Gewebe ist Segeltuch gegen dieses. Ich hätte geschworen, daß es Luft wäre» (erinnern Sie sich an den Satz in «Diamonds Are Forever»: «Wie nennt man das bezaubernde Nichts, das Sie da beinahe nicht anhaben?») – nach dem Abenteuer mit dieser «Ondine» eines mit einer wunderschönen Salamandrin, die aber, als er sie zu umarmen wähnt, sich in eine abscheuliche Gnomide verwandelt und ihn im Chor mit einem Teil des übrigen Märchenpersonals, inklusive des Zauberers Padmanaba, dem die bisherigen Verwandlungen zuzuschreiben waren, auslacht. Aber so ein Ende ist kein ordentliches Märchenende. Es erscheint der Zauberer, der am Anfang Orakel gesprochen und den Namen des Prinzen bestimmt hatte – dieser darf nun wählen, welche der Schönen er heimführen möchte, und er wählt – das Milchmädchen, die nun die Fee Galactine ist, obwohl sie an Schönheit von allen anderen übertroffen wird. Und er erhält – siehe oben – seinen neuen Namen.

Zwischendurch ist allerhand passiert, alle Kostbarkeiten der Erde sind aufgeboten worden, um die Kulissen zu dekorieren – ein Milcheimer ist zum Beispiel aus einem Rubin geschnitten und derlei mehr. Und ein Wal, der unseren Biribinker verschluckt, hat nicht nur eine Insel, auf der sich dann die weitere Geschichte abspielt, im Bauch, sondern auch noch ein ganzes Firmament mit Sonne, Mond und Sternen, die diese andere Welt beleuchten. Im Grunde ist das alles nicht mehr als die Märchenmotive, die ein jeder kennt, ein wenig weiter zu treiben oder zu drehen – ins Noch-Unwahrscheinlichere, kann man nicht sagen, denn «Wahrscheinlichkeit» ist keine Kategorie des Märchens. Dass ein Kürbis sprechen kann, ist märchenhaft, und dass ein Märchen gut ausgeht, ist selbstverständlich. Dass aber der sprechende Kürbis dem Helden der Geschichte einen Ausgang seiner Abenteuer wünscht, «desgleichen noch kein Märchen gehabt hat, seitdem es Feen und Ammen in der Welt gibt», nämlich nicht nur Ammen wie die eingangs erwähnten, sondern Ammen, die solche Ammen-Märchen wie das erzählen, in dem sie erwähnt werden, ist wenigstens genreunüblich. Bei solchen Scherzen wird die Geschichte zu etwas wie einem Möbiusschen Band, das sich in sich schlingt und bei dem man nicht weiß, wo vorn und hinten ist.

Also, was wäre da zu grübeln? Gar nichts, hier wird nur gesagt, dass sich die Geschichte die Lizenz zur Großfabuliererei gibt mit keinem anderen Sinn und Ziel als reinem Erzählspaß. Es sei denn, man möchte bei der Idee dieses in einen Kürbis verzauberten Salamanders innehalten, wenn dieser sagt, er sei zwar vom Zauberer Padmanaba (immer wieder er) in seine Gestalt gebannt und aller Sinne beraubt worden, aber da dieser ihm die Vernunft (und die Sprache) gelassen habe, so sei er doch «geschickt zu Betrachtungen a priori». Also zu nicht- oder vor-empirischen Einsichten, kurz, der Kürbis ist ein Philosoph. Keiner aus der Schule Locke & Hume, aber vielleicht Descartes & Leibniz (in einer späteren Auflage heißt es, die Kürbisgestalt befähige zu «transzendentalen Einsichten» – da sind die Werke Kants allgemein bekannt).

Die «Geschichte des Prinzen Biribinker» ist ursprünglich eine Enklave in Wielands 1764 veröffentlichtem Roman «Der Sieg der Natur über die Schwärmerey, oder die Abentheuer des Don Sylvio von Rosalva. Eine Geschichte worinn alles Wunderbare natürlich zugeht». Eine (wie man heute sagen würde) Auskoppelung wie die vorliegende hat es etliche Male gegeben, zuerst bereits fünf Jahre nach Erscheinen des Romans, dann 1904, eine Ausgabe, die im selben Jahr vier Auflagen erlebte, dann noch 16 weitere, neun davon illustriert, und ist damit einer der meistgedruckten Texte Wielands geworden. Der hier vorliegende Text, der mit Vergnügen diese über 250 Jahre alte Tradition fortsetzt, ist der erste in dieser Reihe, der buchstaben- und zeichengetreu der ersten Ausgabe des «Don Sylvio» folgt – nämlich dem Band 7.1 der historisch-kritischen Oßmannstedter Ausgabe von Wielands Werken.*

Der Roman, dessen Titel uns heute umständlich und altbacken vorkommen muss, ist eine literarische Sensation gewesen. Er wurde 1769 und gleich noch einmal 1770 ins Französische, 1773 ins Englische übersetzt. Im Deutschen Reich wurde er zunächst von der Zensur verboten. Eine literarische Sensation war er vielleicht vor allem, weil man von seinem Autor einen solchen Roman nicht erwartet hatte.

Christoph Martin Wieland wurde 1733 in Schwaben, in

* Christoph Martin Wieland, Der Sieg der Natur über die Schwärmerey, oder die Abentheuer des Don Sylvio von Rosalva, hg. von Peter-Henning Haischer, Clara Innocenti und Hans-Peter Nowitzki, Studienausgabe in Einzelbänden, Göttingen: Wallstein Verlag 2023. – Für das Folgende verweise ich auf «Die Neuerfindung eines Autors», das von Peter-Henning Haischer verfasste Nachwort ebd., S. 337–350, und Jan Philipp Reemtsma, Christoph Martin Wieland. Die Erfindung der modernen deutschen Literatur, München: C.H.Beck 2023.

Oberholzheim bei Biberach als Sohn eines lutherischen Pastors geboren, wuchs in Biberach auf, besuchte dort und im Internat Kloster Berge bei Magdeburg die Schule, studierte kurz und pro forma Jura in Tübingen und wurde dort und blieb es seitdem, was er schon als Knabe hatte werden wollen: ein Dichter. Irgendwann wollte er zweifellos auch der erste Schriftsteller Deutschlands werden – und er wurde es. Er begründete das, was man im späten 19. Jahrhundert die Weimarer Klassik nannte, trat da schon bald hinter das Duo Goethe & Schiller zurück und wurde zu einem, dessen Namen man zwar, dessen Werke man aber kaum mehr kannte.

Wieland begann früh. Zunächst schrieb er – mit 18 Jahren – einen «Hermann», einen patriotischen Gesang, der aber eine Liebesgeschichte wurde, dann – mit 19 Jahren – eine «Natur der Dinge», die sich Lukrez' «De rerum natura» zum Vor- und Gegenbild nahm – zum Vorbild, denn Lukrez war mit Horaz und Ovid einer der bedeutendsten Verskünstler der gesamten lateinischen Dichtung; zum Gegenbild, denn er setzte dort der materialistischen Sicht des lateinischen Dichter-Philosophen ein christliches Weltbild (wenn auch ein zeilenweise recht eigenwilliges) entgegen. Und Wieland zeigte hier, dass er Klopstock, dem meistbewunderten Dichter jener Zeit, durchaus gleichwertig war. Wieland ging nach Zürich zu Johann Jakob Bodmer, einem anerkannten Kritiker und in zweiter Linie Dichter, und nahm ihn sich zum Mentor. Er blieb so lange dort, wie er vor sich verbergen konnte, dass er besser war als sein Lehrer und es für ihn in Zürich nichts mehr zu lernen gab. Nach einem nicht sehr langen Aufenthalt in Bern kehrte er nach Biberach zurück, wo er zum Senator und Kanzleiverwalter ernannt wurde.

In seiner Zeit bei Bodmer schrieb er engagiert Christliches, man könnte sagen, er frömmelte, denn man merkte den Texten an, dass er sich seine Überzeugungen einredete, nicht zuletzt, um seinem Mentor zu gefallen. Langsam löste er sich von derlei Weltanschaulichem ab und kehrte in seinem ganzen Schriftstellerleben nicht mehr dahin zurück. In Biberach begann er Shakespeare zu übersetzen, es war die erste Übersetzung fast aller Dramen – durch sie wurde Shakespeare einem weiteren deutschen Publikum bekannt. Wieland machte sich auch an eine Reihe erotischer Verserzählungen, die viele erfreuten – inhaltlich wie in ihrer Verskunst, die in Deutschland ohne Präzedenz war – und manche schockierten. Aber vor diesen Verserzählungen und vor dem Roman «Geschichte des Agathon», den Lessing den ersten Roman in Deutschland «für Leser mit klassischem Geschmack» nannte, erschien «Die Abentheuer des Don Sylvio von Rosalva» – und schockierte manche, doch erfreute viele – inhaltlich wie durch die Modernität seiner Prosa, die in Deutschland ohne Präzedenz war.

Das erste Kapitel hat die wunderbar lakonische Überschrift «Charakter einer Art von Tanten» und fängt so an: «In einem alten baufälligen Schloß der Spanischen Provinz Valencia lebte vor einigen Jahren ein Frauenzimmer von Stande, die zu derjenigen Zeit, da sie in der folgenden Geschichte ihre Rolle spielte, bereits sechzig Jahre unter dem Namen Donna Mencia von Rosalva sehr wenig Aufsehens in der Welt gemacht hatte.»* – Ein Roman, der laut Titel von Abenteuern handeln soll, beginnt mit einer Tante, die nicht viel Aufsehens in der Welt gemacht hat, so wie die eingefügte

* Wieland, Don Sylvio, S. 9.

Geschichte vom Prinzen Biribinker mit einem König beginnt, der den Beinamen «der Große» trägt, aber in den Geschichtsbüchern nicht verzeichnet ist, weil er zu wenig Aufsehens in der Welt gemacht hat. «Ist hier was los? Nein, es ist nichts los», singt Wolf Biermann im «Kleinstadtsonntag». Aber die Tante hat einen Neffen, eben den Don Sylvio, und der benimmt sich wie der, an den man vielleicht denken mag, wenn man den ersten Satz gelesen hat und sich dabei an einen anderen ersten Satz erinnert gefühlt hat: «En un lugar de la Mancha ...», der andere Don eben, Don Quijote de la Mancha.

Im Jahre 1798 – Wieland lebte zu der Zeit in Oßmannstedt bei Weimar, in das er 1772 für dreieinhalb Jahre berufen worden war, um den künftigen Herzog Carl August auf seine Regierung vorzubereiten, und wo er seitdem als freier Schriftsteller geblieben war – starteten die Brüder August und Wilhelm Schlegel ihr Zeitungsprojekt «Athenäum» mit einem Angriff auf Wieland, den sie unter anderem als bloßen Nachahmer großer Vorbilder, unter anderen des Cervantes, denunzierten. Das war die Attacke zweier ambitionierter junger Schriftsteller, die sich auf dem damals entstehenden literarischen Markt einen Namen machen wollten. Es war ein Angriff unter dem Motto, dass Frechheit siege, und wie es manchmal der Teufel so will: Frechheit siegte. Die Legende vom Imitator Wieland hielt sich durch das ganze 19. Jahrhundert hindurch bis weit ins 20. hinein. Die Germanisten schrieben es voneinander ab, und man wusste Bescheid: Der «Don Sylvio» war ein aufgewärmter «Don Quijote». Doch er war etwas ganz anderes, nämlich eine Weiterführung des als bekannt vorausgesetzten spanischen Romans, mit dem er – oft explizit auf ihn verweisend – ein ebenso witziges wie nachdenkliches Spiel spielte.*

Cervantes' Don Quijote sieht die Welt durch die Brille seiner Lektüren, die aus einer unendlichen Reihe von Ritterepen und -romanen bestehen, und er zieht in die Welt hinaus, um die Abenteuer, von denen er gelesen hat, selbst zu erleben. Er nimmt sich einen Bauernburschen mit, Sancho Pansa, der als eine Art Realitätsprinzip fungiert: Wo der Herr Riesen sieht, sieht Sancho Windmühlen, warnt und versucht zu korrigieren, doch sein Herr akzeptiert nur seine eigene Form der Weltdeutung, greift die Windmühlen an und wird von deren Flügeln vom Pferd geschleudert. Wieland lässt seinen Don Feenmärchen lesen und die Welt entsprechend deuten. Sein Sancho heißt Pedrillo, aber anders als Sancho teilt er den Spleen seines Herrn. Auch er deutet die Welt nach Maßgabe der Märchen. Als nun sein Herr, der ein Medaillon gefunden hat, in dessen Bild er sich verliebt, und einen Schmetterling (damals sagte man viel schöner «Sommervogel») für just die abgebildete, aber in Sommervogelgestalt verzauberte Prinzessin hält, sich auf den Weg macht, um diese Prinzessin zu finden und zu erlösen, begleitet er ihn, und es ergeben sich feine Kontroversen über das, was sie sehen, was ihnen widerfährt. Denn man kann einen Spleen teilen und doch uneins sein – was übrigens der Mechanismus jeder Sektenbildung und -umbildung ist. Freud nannte das den «Narzißmus der kleinsten Differenz». Pedrillo sieht bei einer nächtlichen Wanderung durch einen Wald Riesen vor sich, wo sein Herr nur Bäume sieht, und als dieser, um sei-

* Vgl. Jan Philipp Reemtsma, Der doppelte Don. Wielands verkanntes Spiel mit Cervantes, in: Ders., Schriften zur Literatur, München 2015, Bd. 1, S. 259–282.

nen Gefährten zu überzeugen, einen Ast abbrechen will, schreit der: «Ach, mein lieber gnädiger Herr […], thut es ja nicht, ich bitte euch; ums Himmels willen, laßt es bleiben, und macht nicht euch und mich durch eure Tollkühnheit unglücklich […] Weißt du wohl, Pedrillo, fiel ihm Don Sylvio ins Wort, daß ich deiner blödsinnigen Einfälle müde bin? Ich glaube zum Henker, du willst einen Don Quischotte aus mir machen, und mich bereden, Windmühlen für Riesen anzusehen?»* Und als sie in demselben Wald ein Licht sehen, erblickt Don Sylvio darin einen Salamander (einen Feuergeist), Pedrillo einen «feurigen Mann», der «vermuthlich bey seinen Lebzeiten in dieser Gegend einen Marchstein verrückt haben wird, und jetzt zur Strafe umgehen muß. Dummkopf, versetzte Don Sylvio ein wenig entrüstet; können denn deine abergläubischen Augen allenthalben nichts andres sehen als die Hirngespenste, welche die alte Hure, deine Großmutter, von ihrer Älter-Mutter geerbt und dir in dein dummes Hirn gesetzt hat? Eben das, was du für einen feurigen Mann ansiehst, ist ein Salamander, sag ich dir …»**

Das kann man natürlich lange treiben, und der Witz könnte schal werden, wenn es sich um bloße Wiederholungen handelte, aber Wieland spielt an diesem grillenhaften Pärchen durch, wie resistent und selbstbestätigend Obsessionen sein können, vor allem weil die beiden glücklicherweise harmlosen Irren im Grunde ebenso gut durch die Welt kommen wie andere, normal genannte Leute auch. Zumal Wieland (der eine Abneigung gegen Gewalttätigkeiten in seinen Geschichten hatte) seine Protagonisten mit zureichender

* Wieland. Don Sylvio, S. 73.

** Ebd., S. 76.

Contenance ausstattet: «Wenn du die feurigen Männer nicht schon im Kopfe hättest, so würdest du ohne Zweifel eben das sehen, was ich sehe; es geht dir jetzt mit dem Salamander [...], wie es dir vorher mit der Eiche gieng, die du für einen Riesen ansahest – Sachte, sachte, Herr Don Sylvio [...] wir wollen diese Sayte nicht mehr berühren; zu geschehenen Dingen muß man sich das beste reden. Ich dächte, eine Höflichkeit wäre gleichwohl der anderen werth, und wenn ich euern Salamander gelten lasse, so könntet ihr meine Riesen wohl auch in ihrem Werthe beruhen lassen. [...] Pedrillo hatte kaum ausgeredt, als Don Sylvio, der immer voraus gieng, und dem vermeynten Salamander mit starken Schritten folgte, auf einmal bis an die Knie in einen Graben sank.»* Aber das kann schließlich jedem passieren.

Als sie schließlich jener vermeintlich Verzauberten begegnen, deren Bild Don Sylvio so entzückt hatte (sie hatte, wie wir ahnten, das Medaillon mit ihrem Porträt einfach verloren), möchte diese, die durchaus Gefallen an dem schönen jungen Mann findet, ihn von seinen fixen Ideen kurieren, aber wie alle weltanschaulich zweifelsfrei Überzeugten ist er hartnäckig. Schließlich fällt ihr und ihrem Bruder, der ihr zur Seite steht, nichts weiter ein, als ein Märchen zu erfinden, das alles, was Don Sylvio bisher gelesen hat, überbietet und so kurios ist, dass er, wie sie meinen, genötigt sein wird, auch das, was er bisher für die Wahrheit hielt, für allenfalls gut erfunden zu nehmen. Und also erzählen sie die «Geschichte vom Prinzen Biribinker».

Die Sache funktioniert natürlich nicht. Wie ein Paranoiker und schon jeder Verschwörungstheoretiker alle mögliche

* Ebd., S. 77f.

Einrede in eine Bestätigung umdeuten wird («Dahinter stecken die Freimaurer.» «Was weißt du eigentlich von den Freimaurern?» «Nichts. Das ist es ja gerade!»), so auch Don Sylvio: Er «sehe [...] nicht, was in der ganzen Geschichte dieses Prinzen ungereimtes, geschweige dann unnatürliches und unmögliches seyn sollte». Und er argumentiert durchaus verständig. Unmöglich und unwahrscheinlich sei vieles doch nur dann, wenn wir «den unendlich kleinen Theil der Natur, den wir vor Augen haben, oder das, was wir alle Tage begegnen sehen, zum Maasstab dessen, was der Natur möglich ist, machen wollen».* Wie sagt Pascal: «Die ganze sichtbare Welt ist nur ein unscheinbarer Strich im weiten Kreis der Natur.»** Don Sylvio doziert über möglich und unmöglich, über analytische und empirische Urteile, dass er in jedem philosophischen Seminar bestehen könnte. Auch als der Erzähler der Geschichte sagt, er habe die Geschichte gerade eben selbst erfunden, um eines amüsanten Abends willen, gibt Don Sylvio sich nicht geschlagen. Wohl seien viele Märchen, die der Erzähler sich zum Vorbild genommen habe, erfunden, aber wie der «Biribinker» aus Märchenmotiven montiert sei, seien die Märchen aus Elementen historisch verbürgter Nachrichten zusammengesetzt. Die Debatte geht bis in die Nacht und bleibt ergebnislos. – Don Sylvio wird nicht bekehrt, nicht überredet, er hat keine profane Erleuchtung – aber er lernt, peu à peu, anders zu leben. Man geht miteinander ins Theater, hat schöne Tage und Abendessen mit freundlichen Tischgesprächen, «und der Ton der scherzenden Fröhlichkeit [...] würkte zuletzt so mächtig auf ihn, daß er unvermerkt die

* Ebd. S. 304f.

** Blaise Pascal, Gedanken 10, übers. von Ulrich Kunzmann, Kommentar von Eduard Zwierlein, Berlin: Suhrkamp 2012, S. 14.

Rolle vergaß, die er zu spielen übernommen hatte, und mit dem Prinzen Biribinker und seinen Feen so lustig machte, als ob er nie keine Feen geglaubt, und keinen Sommervogel geliebt hätte.»* Es fügt sich nach dem, was Lessings Nathan sagt: Ein Mensch sei einem Menschen allemal lieber als ein Engel. Oder eine Fee.

Das ist der Optimismus der Aufklärung. Wir wollen ihn nicht ganz verwerfen – obwohl, wie (zitieren wir ihn noch einmal) Pascal wohl zu Recht meint, die Einbildung «die Gebieterin über Irrtum und Falschheit» ist. «Obwohl sie zumeist lügenhaft ist, gibt sie kein Anzeichen ihrer Beschaffenheit zu erkennen und verleiht dem Wahren und dem Falschen das gleiche Gepräge. Ich spreche nicht von den Narren, ich spreche von den Weisesten».** Aber, nota bene, der (verhaltene) Optimismus Wielands bezieht sich nicht auf das Predigen der richtigen Welt-Sicht, sondern auf die Heilsamkeit eines nicht bornierten Lebens.

Zudem vielleicht auf die Möglichkeit, die in der Frage des Horaz: «ridentem dicere verum quid vetat?» («Die Wahrheit mit einem Lachen sagen – was spricht dagegen?»), liegt. Ein Beispiel nur, Sie erinnern sich an die Rede der schönen Wasserfee Mirabella, die Sie oben gelesen haben?: Der Herausgeber der Edition von 1904, Carl Schüddekopf, nennt sie «eine so beißende und doch graziöse Unterhaltung über die weibliche Tugend», die in der damaligen deutschen Literatur «etwas bis dahin Unerhörtes» gewesen sei.*** Beißend – graziös – vor allem doch ein wenig verwirrend. Vielleicht möchte

* Wieland, Don Sylvio, S. 311.

** Pascal, Gedanken 33, S. 28.

*** Chr. M. Wieland, Geschichte des Prinzen Biribinker, Einleitung von Carl Schüddekopf, Berlin/Leipzig 1904, S. IX.

Wieland gar nicht – lächelnd – irgendwelche Wahrheiten sagen, sondern einfach unsere Wahrheiten durcheinanderbringen. Da haben wir also eine dieser Feen, diesmal eine, die unserem Prinzen eine Lektion in Liebeskonversation erteilt. Als er ihr vorschwatzt, er wünsche sich im Leben keine andere Glückseligkeit, als zu ihren Füßen «von dem Feuer verzehrt zu werden, das ihr erster Blick» in seiner Brust entzündet habe, erwidert sie kühl, «sie haben einen schlimmen Lehrmeister in der Redekunst gehabt; Ich hätte gedacht, die Fee Cristalline sollte ihnen die lächerliche Meynung benommen haben, daß man uns Unsinn vorsagen müsse, um uns die Heftigkeit seiner Leydenschaft zu beweisen.» Sie wünscht ihn also durch ihre Vorgängerin in Sachen Liebeskunst oder sagen wir: -konversation zureichend vorgebildet, um ihr gefallen zu können. Doch nun muss sie es in die eigenen Hände nehmen. Am anderen Morgen sagt sie: «Das Schicksal, mein lieber Biribinker, hat sie dazu ausersehen, sich unglückliche Feen verbindlich zu machen.» Wie schön, nicht wahr? Und sie erzählt die Geschichte ihres Unglücks – und wieder ist es Padmanaba, wieder eine Eifersuchtsgeschichte, obwohl der Feuergeist Flox, dem die Eifersucht gilt, in Mirabellas Schlafzimmer beinahe nichts weiter mit Mirabella tat, als mit ihr philosophische Bücher zu lesen und auszulegen. Beinahe nichts. Und der Zauberer verwünscht sie dergestalt, dass sie sich künftig immer in ein Krokodil verwandle, wenn sie einem Mann zu nahe kommt. Den Bann brechen könne nur einer, der den ebenso lächerlichen wie unwahrscheinlichen Namen Biribinker … nun, was sonst.

Sie plaudert dabei ungeniert aus, wie oft diese Krokodilverwandlung bisher stattgefunden habe «viele tausende [seien] Zeugen» ihres Unglücks geworden. Hätte sie nicht, wendet

Biribinker ein, sich tugendhaft verhalten können, statt ein ums andere Mal sich dieser Peinlichkeit auszusetzen? Er verstehe nichts von wahrer Tugend, bekommt er zu hören. Tugendsam handle nur der oder die, die die Freiheit hätten, anders zu handeln. Die Strafe des Zauberers hätte doch darin bestanden, ihr die Möglichkeit zu rauben, wahre Tugend zu beweisen. Das habe sie aller Welt demonstrieren wollen. Worauf Biribinker sie die «allersonderbarste Preciöse» nennt, «die man vielleicht jemals in der Welt gesehen hat». Eine Preciöse, also eine kokette Spröde? Das wäre ja noch schöner: «eben meine Tugend fordert von mir, sie zu überzeugen, daß ich keine Preciöse bin» (denn wäre sie von Natur aus spröde, wäre Zurückhaltung in erotischen Dingen kein Verdienst). Nun, man lese die verwickelte Argumentation noch einmal nach. Sie kühlt Biribinker jedenfalls einigermaßen ab, was nun wiederum Mirabella ganz und gar nicht gefällt – wie kann sie ihm ihre Tugend beweisen, wenn er gar nicht will (und, pardon, was war eigentlich verwichene Nacht?)?

Jedenfalls sei er, Biribinker, geradezu das Bild der flatterhaften Untugend: «Hat man jemals einen Liebhaber gesehen, wie sie sind? Sie ziehen den ganzen Tag in der Welt herum, ihre Geliebte zu suchen, und bringen die ganze Nacht in den Armen einer andern zu; den folgenden Morgen geht ihre Liebe wieder an, den Abend drauf ihre Untreue. Was wollen sie, daß aus einer solchen Aufführung endlich werden soll?» Was daraus werden soll? Nun, sagen wir doch einfach: ein Happy End! Und bald schreibt Wieland einen Versroman, der so anhebt:

Den Helden sing, der lange die Welt Berg auf Berg ab
Durchzog, das Gegenbild von einer Schönen zu finden,

Die aus dem Reich der Idee herab
Gestiegen war, sein junges Herz zu entzünden,
Und der, es desto gewisser zu finden,
Von einer zur andern sich unvermerkt allen ergab:
Bis endlich dem stillen Verdienst der wenig scheinbarn Olinden
Das Wunder gelang, den Schwärmer in ihren Armen zu binden.

Der hieß nicht Biribinker, sondern Amadis in der Tradition der populären Amadis-Romane, in denen es aber ganz anders zugeht – aber was bedeutet eigentlich der verwünschte und zauberhafte Name «Biribinker»? Ein Vorbild gibt es für ihn nicht, nur ein im 18. Jahrhundert weit verbreitetes Glücksspiel, genannt «Biribi».

*Jan Philipp Reemtsma*

# Geschichte des Prinzen Biribinker. Bibliographie

01 Die Geschichte des Biribinkers. Ein comischer Roman, aus den Schriften des berühmten Herrn Wielands gezogen. Ulm: Albrecht Friedrich Bartholomäi 1769. – 129 S.
Vom Verlag veranstaltete Ausg.

02 Geschichte des Prinzen Biribinker. Hrsg. und eingel. von Carl Schüddekopf. Berlin: [Magazin-Verl.] F. Rothbarth 1904. – XII, 151 S. – (Kulturhistor. Liebhaber-Bibliothek; 11)
Dass. – 2. Aufl. 1904. – 3. Aufl. 1904. – 4. Aufl. 1904.

03 Geschichte des Prinzen Biribinker. Hrsg. von Raimund Steinert. Mit 10 Radierungen von Karl Thylmann. Weimar: Kiepenheuer 1914. – 153 S.
In 500 numerierten Ex. in verschiedenen Einbänden.

04 Geschichte des Prinzen Biribinker. Hrsg. und bearb. von Curt Moreck. Bilderschmuck von G. Ries. Berlin: Eigenbrödlerverlag 1919. – 119 S.

05 Geschichte des Prinzen Biribinker. Mit Ill. von Fritz Buchholz. [Einl. von Carl Schüddekopf.] Leipzig: G. H. Wigandsche Verlagsbuchhandlung [ca. 1920]. – 139 S., 6 Taf. – (Galante Bibliothek)
300 Ex. in besonderer Ausstattung in Halbleder u. handschriftl. numeriert.

06 Die Geschichte des Prinzen Biribinker. In: C. M. Wieland: Dschinnistan oder auserlesene Feen- und Geistermärchen. Teils neu erfunden, teils neu übers. u. umgearb. Leipzig: Wien [1922]. – S. 175–268.

07 Die Geschichte des Prinzen Biribinker. Hrsg. von Hanns Floerke. Mit 7 Radierungen von Karl Max Schultheiß. München: Georg Müller 1923. – 243 S., 7 Taf. – (Die Bücher der Abtei Thelem; [33]).
Nach der Ausg. Ulm 1764 u. Leipzig 1772. – Einmalige numerierte Aufl. von 800 Ex., sämtlich vom Künstler signiert. Für 30 Ex. wurden die Radierungen auf echt Japan abgezogen.

08 Die Geschichte des Prinzen Biribinker. Berlin: R. Halbeck 1948. – 83 S. – (Buchreihe «Lachen und Lächeln»; 1)

09 Geschichte des Prinzen Biribinker. Die 9 mehrfarbigen Zeichnungen

sind von Bele Bachem. Basel: Birkhäuser 1952. – 152 S., 9 Taf. – (Basler Drucke; 2)
In zweimal 350 numerierten Ex.

10 Geschichte des Prinzen Biribinker. Die Ill. … schuf Bernhard Nast. Berlin: Aufbau-Verlag 1959. – 184 S., Ill.
Davon 200 Ex. in Ganzleder gebunden.
Dass. – 2. Aufl. 1963.

11 Geschichte des Prinzen Biribinker. Umschlag u. Ill.: Bernhard Nast. Nachw.: Gerhard Seidel. Berlin-Schöneberg: Gebr. Weiss Verlag [1963]. – 184 S.
Mit Genehmigung des Aufbau-Verlages, Berlin.

12 Geschichte des Prinzen Biribinker. In: Märchen deutscher Dichter. Hrsg. von Paul-Wolfgang Wührl. Frankfurt a. M. 1964. S. 7–69.

13 Geschichte des Prinzen Birbinker. Mit 6 mehrfarb. Lithographien von Kurt Steinel. Textüberwachung von Kurt Kampf. Offenbach a. M.: Kumm KG Verlag 1965. – 59 S., 6 Ill.
Text u. Lithographien sind auf besonderem Büttenpapier gedruckt. 1000 signierte Ex.

14 Geschichte des Prinzen Biribinker. In: Im magischen Spiegel. Märchen dt. Dichter aus 2 Jahrhunderten. Hrsg. von Paul-Wolfgang Wührl. Bd. 1. Frankfurt a. M. 1978. S. 61–131. – (Insel-Taschenbuch; 347)

15 Geschichte des Prinzen Biribinker. In: Undine. Kunstmärchen von Wieland bis Storm. Hrsg. von Gerhard Schneider. Rostock: Hinstorff Verlag 1981. S. 7–76.

16 Prinz Biribinker. Versehen mit 9 farb., signierten Kaltnadelradierungen v. Gisela Mott-Dreizler. Berlin-Charlottenburg: Quetsche. Verlag für Buchkunst 1990. – 96 S.
Dass.: Luxusausgabe von 5 Exemplaren mit 8 zusätzlichen, handkolorierten Radierungen in einer Pergamentmappe eingebunden. Im Schuber.

17 Geschichte des Prinzen Birbinker. In: Kunstmärchen. Erzählmöglichkeiten von Wieland bis Döblin. Hrsg. von Rolf Tarot unter Mitarb. von Gabriela Scherer. Bern [u. a.]: Lang 1993. S. 37–63.

18 Geschichte des Prinzen Biribinker. Mit Monotypien von Carola Deye und einem Nachwort von Michael Glasmeier. Hamburg: Textem-Verlag 2011. – 101 S., Ill.

# Editorische Notiz

Die ursprüngliche Einbettung des Biribinker-Märchens in die Rahmenerzählung des «Don Sylvio von Rosalva» machte Texteingriffe notwendig. Bezugstext: Christoph Martin Wieland, Der Sieg der Natur über die Schwärmerey, oder die Abentheuer des Don Sylvio von Rosalva, hg. von Peter-Henning Haischer, Clara Innocenti und Hans-Peter Nowitzki, Studienausgabe in Einzelbänden, Göttingen: Wallstein Verlag 2023, S. 241–302.

S. 32 «dagegen finden. | Der Prinz Biribinker» (Don Sylvio (2023), S. 260, Zeile 3–33, getilgt)

S. 33 «Ich will dem Leser die manchfaltigen» (Don Sylvio (2023), S. 260, Zeile 1–3, geändert aus «Zweytes Capitel. | Fortsetzung der Geschichte des Prinzen Biribinker. | Ich will ihnen, fuhr Don Gabriel in seiner Erzählung fort, die manchfaltigen»)

S. 33 «Wie groß mußte seine Entzückung seyn,» (Don Sylvio (2023), S. 262, Zeile 11, geändert aus «Denken sie, Don Sylvio, wie groß seine Entzükkung seyn mußte,»)

S. 80 «finden mußte. | Kaum hatte» (Don Sylvio (2023), S. 295, Zeile 18–30, getilgt)

*Christoph Martin Wieland* ist neben Lessing die Zentralgestalt der deutschen Aufklärung. Durch ihn wird der Roman in Deutschland zu einer anerkannten Literaturgattung, er schreibt die erste moderne deutsche Oper und bringt mit seinen erotischen Verserzählungen einen neuen Ton in die deutsche Poesie. «Der Teutsche Merkur», damals eine der wichtigsten literarisch-politischen Zeitschriften Europas, wird von ihm herausgegeben, und gleichsam nebenbei prägt er das Genre des politischen Journalismus mit seinen Texten über die Französische Revolution und Napoleon, dessen Alleinherrschaft er frühzeitig vorhersah und den er 1808 in Weimar auch persönlich traf.

*Jan Philipp Reemtsma* war Professor für Neuere Deutsche Literatur an der Universität Hamburg und wurde u.a. mit dem Lessing-Preis und zuletzt dem Moses-Mendelssohn-Preis, dem Weimar-Preis und dem Bayerischen Buchpreis ausgezeichnet. Er hat bei C.H.Beck u.a. *Schriften zur Literatur* (2015), *Was heißt: einen literarischen Text interpretieren?* (2016) und *Christoph Martin Wieland. Die Erfindung der modernen deutschen Literatur* ([5]2024) veröffentlicht.

*Hans-Peter Nowitzki*, geb. 1966, ist Editor sowie Philologe, Literatur- und Philosophiehistoriker, Leiter der Arbeitsstelle «Wieland-Edition», Vorsitzender des Wieland-Forschungszentrums Oßmannstedt und Mitherausgeber der Oßmannstedter Ausgabe der Werke Wielands.